KB159865

GOBSECK

곱세크

오노레 드 발자크
소설

김인경 옮김

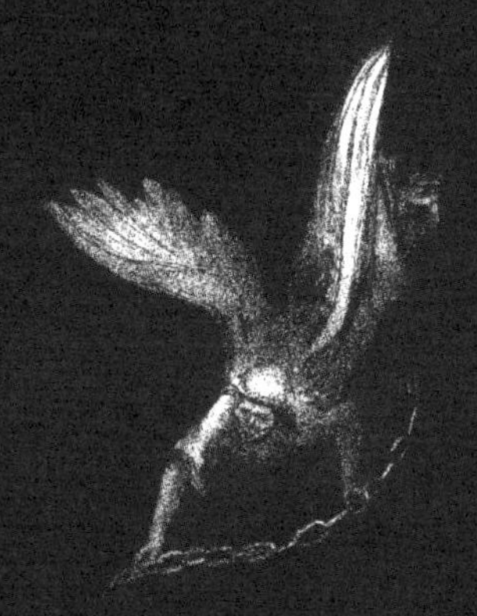

GOBSECK
HONORÉ DE BALZAC

꿈꾼문고

일러두기

1 이 책은 다음을 원전으로 삼아 옮긴 것입니다.

Gobseck, in *La Comédie humaine. Oeuvres complètes de M. de Balzac*, t. 2, publiées sous la direction de Jean–A. Ducourneau, les Bibliophiles de l'Originale, 1965–1976, reproduit en fac–similé l'édition de Furne de *La Comédie humaine*.

2 원전에서 이탤릭체로 강조된 부분은 고딕체로, 대문자로 강조된 부분은 작은따옴표 안에 넣어 표기했습니다.

3 본문의 주석은 옮긴이가 붙인 것입니다.

4 본문에 수록된 삽화의 출처는 다음과 같습니다.

21면 Gravure de Charles Huard et Pierre Gusman, *Gobseck*, in *La Comédie humaine*, édition Conard, 5e volume, 1914.

77면 Gravure de Ch. Jacque et Tamisier Sc, *Gobseck*, in *La Comédie humaine*, Furne, 1842, vol. 2.

85면 Gravure de E. Lampsonius, *Gobseck*, in *Oeuvres illustrées de Balzac*. t. 2, Marescq et Cie, 1851-1853.

120면 Gravure de E. Toudouze, *Gobseck*, in *Oeuvres complètes*, vol 37, Paul Ollendorf, 1900-1902.

127면 Gravure sans signature, *Gobseck*, in *Oeuvres illustrées de Balzac*. t. 2, Marescq et Cie, 1851-1853.

5 외래어 표기는 국립국어원 한국어 어문 규범의 외래어 표기법을 따랐습니다.

6 이 책의 번역은 한국연구재단의 지원(NRF-2018S1A5A2A01038278)을 받았습니다.

바르슈 드 페노앵 남작 귀하[1]

모든 방돔 학교 출신 중에서 문단에서 재회한 것은 우리 두 사람뿐이지 않나. 온통 『로마 위인전De viris』[2]에 관심을 쏟아야 했던 그 시절에 자네와 나는 벌써 철학에 열중하고 있었네. 우리가 재회했을 때 자네는 독일 철학에 관한 훌륭한 저술에 전

1 바르슈 드 페노앵Barchou de Penhoën은 방돔 기숙학교 친구였으며, 발자크는 이 학교에 8세부터 14세까지 다녔다. 페노앵은 알제리 전투에 참가했고, 1831년 군을 제대한 후, 「라이프니츠에서 헤겔에 이르기까지 독일 철학의 역사」(1836)를 비롯해서 피에르시몽 발랑슈와 피히테에 관한 다양한 기사를 잡지 『양 세계 평론Revue des Deux Mondes』에 발표했다.

2 당시 유명했던 라틴어 교과서이다. 1775년경 샤를 프랑수아 로몽이 라틴어 텍스트들을 모아서 편집한 책으로 원제목은 'De viris illustribus urbis Romae, A Romulo ad Augustum'이다.

념하고 있었지. 그때 내가 쓰고 있던 작품이 이것이라네. 그러니까 우리는 둘 다 소명을 저버리지 않은 셈이네. 따라서 여기에 자네의 이름이 적혀 있는 것을 보고 자네도 틀림없이 그것을 적어둔 나와 똑같은 기쁨을 맛볼 거라고 기대하는 바이네.

자네의 중학교 시절의 옛 친구

드 발자크.

1840년.

1829년에서 1830년에 이르는 겨울 어느 날 새벽 1시, 드 그랑리외 자작부인[3]의 살롱에는 가족 이외의 사람이 아직 두 명 남아 있었다. 괘종시계가 시간을 알리는 소리를 듣고 그중 한 명인 젊은 미남자는 그 자리를 떠났다. 그를 태운 마차 소리가 안뜰에서 울렸을 때 자작부인은 남아 있는 사람이 피케 카드[4]의 승부를 결정지으려고 애쓰고 있는 자기 오빠와 가족의 친구 한 명밖에 없는 것을 보고서 딸 쪽으로 다가갔다. 딸은 살롱의 벽

3 발자크의 총서 『인간희극』에 등장하는 유서 깊은 귀족 가문으로, 드 그랑리외 가계의 분가이다. 이 자작 부부는 아들 쥐스트와 딸 카미유를 두었으며, 남편은 1813년 사망했다. 프랑스대혁명과 제정 시기에 망명해 있다가 왕정복고 시기에 파리로 돌아왔다.

4 두 사람이 하는 카드놀이의 일종.

난로 앞에 서서 리토파니[5] 램프 갓을 살피는 것 같았지만 실은 떠나가는 카브리올레 마차[6] 소리에 귀를 기울이고 있었는데, 그 태도가 어머니를 걱정시킬 만했다.

"카미유, 네가 젊은 드 레스토 백작에게 오늘 밤 했던 그런 행실을 계속해서 취한다면 이제 그 사람을 집에 맞이할 수 없을 거야. 얘야, 내 말 잘 들어라. 네가 나의 애정을 믿는다면 네 인생의 길잡이를 나한테 맡기도록 하려무나. 열일곱 살에는 미래에 대해서도, 과거에 대해서도, 또한 여러 가지 사회적인 문제에 대해서도 판단할 줄 모른단다. 내가 너한테 말해주고 싶은 것은 하나뿐이야. 드 레스토 씨에겐 수백만이라도 탕진할 만한 어머니가 있단다. 처녀 때의 성이 고리오이고, 사회적 지위가 낮은 집안 태생이란다. 이전에는 꽤 사람들의 입방아에 오르내렸단다. 그 여자는 자기 아버지에게 어찌나 형편없이 행동했는지 사실 그렇게나 착한 아들을 둘 자격이 없단다.[7] 그 젊은 백작은 어머니를 무척이나 사랑하고 남들의 찬사를 받을 만

5 투명 조각 자기. 유럽의 리토파니는 1820년대 후반 생산되기 시작했다. 얇게 음각을 한 다음 유약으로 메우고 빛을 쬐면 비쳐 보이는 따위의 자기로 당시 매우 귀하고 값비싼 장식품이었다.

6 일반적으로 직물로 된 지붕이 있고 말 한 마리가 끄는 이륜 경마차.

7 『고리오 영감』의 등장인물인 아나스타지 드 레스토 백작부인은 고리오 영감의 장녀이다.

한 효심으로 그녀를 모시고 있단다. 특히 그는 누이와 남동생[8]을 아주 각별하게 돌봐주고 있어. 그와 같은 품행이 아무리 갸륵하다 해도," 자작부인은 빈틈없는 어조로 덧붙여 말했다. "그의 어머니가 살아 있는 한, 어떤 집안에서도 젊은 아가씨의 장래와 재산을 저 레스토의 아들에게 맡기려는 생각은 하지 않을 거란다."

"지금 제 귀에 이야기가 조금 들렸는데, 당신과 드 그랑리외 양에게 말씀드리고 싶은 것이 있어요." 그 집에 허물없이 드나드는 친구가 큰 소리로 말했다. "백작님, 제가 이겼네요." 그는 카드놀이 상대편에게 말을 건넸다. "잠깐 실례하고, 당신의 조카따님을 돕기 위해 서둘러야겠습니다."

"소송대리인[9]의 귀를 가졌다는 것이 바로 이런 것이군요!" 자작부인이 큰 소리로 말했다. "친애하는 데르빌 씨[10], 내가 카

8 폴린과 조르주 드 레스토. 이 둘은 백작부인과 막심 드 트라유 사이에서 태어난 사생아이다.

9 현재의 제도에서는 이 직업은 존재하지 않는다. "법정에서 (공증인, 집달리 등) 양측을 대표하고 소송 서류를 책임지는 법원 보조관의 하나"(리트레, 『프랑스어 사전』, 1863~1873)인 소송대리인은 변호사도 될 수 있었다. 하지만 변호사와 달리 법정에서 변론은 행하지 않았다. 그 이외의 모든 소송절차상의 문제에서 소송당사자를 대리했으며, 준비서면을 작성하고 타협안을 제시하는 등의 일을 담당했다.

10 발자크의 대표적인 인물 가운데 한 명이다. 『인간희극』 가운데 열네 편의 작품에 등장하는 양심적인 법률가로, 고리오 영감, 뉘싱겐 부인, 세자르 비로토의 소송대리인이다. 그는 『샤베르 대령』에서 살아 돌아온 샤베르

미유에게 낮은 소리로 하는 말을 당신은 어떻게 알아들을 수가 있었지요?"

"나는 당신들의 시선을 보고 알았습니다." 데르빌은 벽난로의 한쪽 모퉁이에 있는 크고 깊숙한 안락의자에 앉으면서 대답했다.

외삼촌은 조카딸 옆에 앉고 드 그랑리외 부인은 딸과 데르빌 사이에 있는 나지막한 안락의자에 자리를 잡았다.

"당신들께 이야기할 때가 온 거네요, 자작부인. 이 이야기를 듣게 되면, 에르네스트 드 레스토의 재산에 대해 당신이 내리고 있는 판단을 바꾸게 될 거예요."

"이야기라고요!" 카미유가 소리쳤다. "어서 빨리 시작하세요, 데르빌 씨!"

데르빌은 드 그랑리외 부인에게 눈길을 던졌는데, 그 눈길은 이 이야기가 그녀에게도 분명 흥미 있으리라는 것을 알 수 있게 했다. 드 그랑리외 자작부인은 그 재산과 유서 깊은 가문의 이름으로 포부르 생제르맹[11]에서 가장 유력한 부인 중 한 사람이었다. 그러니까 그녀의 집에서 파리의 일개 소송대리인이

대령의 사건을 담당하는 소송대리인으로서 샤베르 대령을 도와 대령의 부인이 그의 존재를 인정하게 했으며, 1840년에 고데샬에게 자신의 직을 팔고 시골로 은퇴한다.

11 오래전부터 귀족들이 거주해온 파리의 한 구역.

부인과 그리도 친근하게 말을 나누고 자유분방한 태도로 처신하는 것이 정상적이지 않은 것처럼 보임에도 불구하고, 이 놀라운 일을 설명하기란 쉽다. 전에 왕가의 일족과 함께 프랑스로 돌아온[12] 드 그랑리외 부인은 파리에 거주하러 왔는데, 애초에는 루이 18세의 왕실 세비의 재원에서 지급되는 보조금으로만 살지 않으면 안 될 정도로 그 처지는 견디기 어려운 것이었다. 소송대리인 데르빌은 공화국이 예전에 행한 드 그랑리외의 저택 매각에 관해 형식상의 결함을 발견할 기회가 있었고, 그 저택이 자작부인에게 반환되어야 한다는 것을 주장했다. 그는 승소 이후에 수임료를 받는 조건으로 이 소송을 수임했으며, 소송에서 이겼다. 이 성공으로 용기를 얻은 그가 어찌나 소송에서 시빗거리를 잘 잡았는지 이번에는 어딘가의 구제원救濟院과 관계된 소송에서 리스네에 위치한 산림의 반환을 승리로 이끌었다. 그는 뒤이어 오를레앙 운하와 관련된 얼마간의 주식과 나폴레옹 황제가 몇몇 공공시설 단체들에 재산으로 하사했던 중요한 몇 개의 건물을 부인에게 되찾아주었다.[13] 젊은 소송

12 1814년 나폴레옹의 몰락으로, 1789년 프랑스대혁명 당시 영국으로 망명했던 루이 18세가 귀국해서 즉위한 것을 가리킨다.

13 1814년 12월, '프랑스대혁명 기간 혁명가들에 의해서 몰수된 재산 중 국가에 의해 매각되지 않은 재산을 귀족들에게 돌려주라'는 루이 18세의 왕령은 상당수의 분쟁을 일으켰다. 소송대리인과 공증인의 수습 서기를 했

대리인의 능숙한 솜씨에 의해 복구된 드 그랑리외 부인의 재산은 배상금에 관한 법률[14]에 의해서 그녀에게 막대한 금액이 배당되었을 당시에는 연 수입이 대략 6만 프랑에 달했다. 소송대리인은 매우 성실한 데다가 박식하고 겸손하고 또한 점잖아서 허물없이 드나드는 가족의 친구가 되었다. 드 그랑리외 부인에 대한 행위로 인해 포부르 생제르맹의 가장 유서 깊은 가문들의 존경을 받고, 또한 그들을 고객으로 하는 기반을 얻었음에도 그는 이러한 호의를 야심가가 하는 것처럼 이용하지 않았다. 자작부인이 소송대리인의 직을 팔고 법조계로 들어갈 것을 권했는데도 응하지 않았다. 그 방면에서는 그녀의 비호가 있다면 매우 빠른 출세가 약속되어 있음에도 뿌리쳤다. 가끔 드 그랑리외 부인의 집에서 저녁 시간을 보내는 걸 제외하고는, 사교계에 출입하는 것도 단지 인맥을 유지하기 위해서였을 뿐이다. 그는 자기의 재능이 드 그랑리외 부인과 관련된 사건에의 헌신으로 빛을 보았다는 사실을 무척 행복하게 생각했는데, 그러지 않았다면 사무소가 파산했을지도 모르기 때문이다. 그에

던 발자크는 이런 부류의 사건들에 대한 경험 지식이 많았다. 데르빌 소송대리인 사무소의 드 그랑리외 자작부인 관련 소송문 작성과 관련된 일화는 『샤베르 대령』의 서두에서 찾아볼 수 있다.

14 대혁명에 의해서 재산을 몰수당한 귀족 가문을 위한 '망명 귀족의 10억 프랑' 법으로 1825년에 제정됐다.

게는 다른 어떤 소송대리인의 근성이란 것이 없었다.

그런데 에르네스트 드 레스토 백작이 자작부인의 집에 출입하게 되고, 데르빌이 그 젊은이에 대한 카미유의 호의를 간파하고 난 다음부터, 데르빌은 마치 포부르 생제르맹의 귀족 클럽들에 출입을 방금 허락받은 쇼세당탱의 댄디[15]처럼 뻔질나게 드 그랑리외 부인 댁을 방문하고 있었다.[16] 며칠 전에 그는 어느 무도회에서 카미유 옆에 있는 일이 있었고, 그때 그는 그녀에게 젊은 백작을 가리키면서 이렇게 말했다. "저기 저 청년에게 이삼백만 프랑의 재산이 없다는 게 유감이네요. 그렇지 않습니까?"

"그게 불행한 건가요? 나는 그렇게 생각지 않아요." 그녀가 대답했다. "드 레스토 씨는 재능이 아주 많고 유식하기도 해서, 그가 모시고 일하고 있는 대신의 마음에 들었대요. 나는 그가 매우 뛰어난 인물이 되리라는 것을 조금도 의심하지 않아요. 저기 저 청년이 권력의 자리에 오르게 되는 날에는 그가 바라는 만큼 재산이 저절로 그의 손에 들어올 거예요."

15 댄디즘은 일종의 사회적 현상으로 18세기 말 영국에서 생겨났다. 귀족적 정신주의와 물질적 속물주의로 요약된다.

16 『인간희극』 당대 사회의 신흥 부자들인 부르주아 은행가들은 쇼세당탱에 거주했다.

"그렇지요. 그런데 지금 그가 이미 부자라면요?"

"만약 그가 부자라면," 카미유는 얼굴을 붉히면서 말했다. "그렇다면 여기에 있는 아가씨들 모두가 그이를 놓고 서로 다툴 테지요." 카드리유[17]를 추고 있는 이들을 가리키면서 그녀가 덧붙였다.

"그렇게 되면," 소송대리인이 대꾸했다. "그랑리외 양은 더는 그의 시선을 끄는 유일한 사람이 되지는 않을 테지요. 그래서 당신은 얼굴을 붉히는 건가요? 당신은 그한테 호감을 느끼지요. 그렇지 않습니까? 어서 말해보세요."

카미유는 의자에서 벌떡 일어났다. '이 아가씨는 그를 사랑하고 있구나.' 데르빌은 생각했었다. 이날부터 카미유는 소송대리인이 에르네스트 드 레스토 백작에 대한 그녀의 애정을 편들어주고 있다는 것을 알고, 그에 대해서 평소와는 다른 마음을 쓰게 되었다. 이때까지 비록 자기 집안이 데르빌에게 진 신세에 대해서 무엇 하나 알지 못하는 것은 아니었지만, 그에게 참된 우정이라기보다는 오히려 존경을 표하고 있었고, 감정보다는 오히려 예의가 앞서 있었다. 그녀의 행동 방식뿐 아니라 어조에는 언제나 사회의 예의범절이 그들 사이를 갈라놓고 있

17 네 명이 한 조가 되어 추는 사교댄스의 일종.

는 것이 느껴지곤 했다. 감사의 마음이라는 것은, 자녀들이 그 유산 목록에서 반드시 물려받는다고는 할 수 없는 빚이다.

"이 사건은," 데르빌은 잠시 말을 멈추었다가 계속했다. "내 인생에서 딱 한 번 소설적이었던 시기의 것을 생각나게 하는군요. 벌써들 웃으시네요." 그가 다시 말했다. "그렇기도 하지요, 소송대리인이 자기 인생의 소설에 관해 이야기하는 걸 듣자니까! 하지만 다른 모든 사람과 마찬가지로 나에게도 스물다섯 살의 시절이 있었거든요. 그리고 그 시절에 나는 벌써 기이한 사실들을 보았지요. 우선 당신들이 전혀 알 수 없는 한 인물에 관해 이야기를 시작해야겠네요. 이 이야기는 어느 고리대금업자에 관한 것입니다.

그토록 창백하고 생기 없는 얼굴을 당신들이 알 수 있을까요? 아카데미[18]의 허락을 받을 수 있다면 나는 달 같은[19] 얼굴이라고 이름을 붙이고 싶은데요, 마치 금도금한 은의 그 도금을 벗긴 은과 닮았답니다. 그 고리대금업자는 곱슬곱슬하지 않은 곧은 머리카락들을 정성 들여 빗어 넘겼는데 희끗희끗한 은백

18 아카데미 프랑세즈. 『아카데미 프랑세즈 사전』을 편찬하는 프랑스 한림원의 한 기관.

19 『아카데미 프랑세즈 사전』(6판, 1835)은 '달처럼 둥근'이라는 본래의 의미만을 수용하고 있다. 여기서는 '해처럼 환하게 빛나는'과 대비되는, '달처럼 창백한'이라는 의미이다.

색을 띠고 있었습니다. 마치 탈레랑[20]의 것만큼이나 꿈쩍도 하지 않는 냉정한 얼굴 윤곽은 청동으로 주조된 것처럼 보였지요. 꼭 족제비눈처럼 노랗고 작은 눈은 눈썹이 거의 없었는데, 그는 햇빛을 싫어했었지요. 그래도 낡은 모자의 챙이 그 눈에 들어오는 빛을 막아주었답니다. 뾰족한 코는 그 코끝이 어찌나 심하게 얽었는지 여러분이라면 아마 나사송곳에 비교할 정도일 겁니다. 입술은 마치 렘브란트나 메취의 그림들에서 볼 수 있는 키 작은 노인들이나 혹은 연금술사들처럼 가느스름했습니다. 이 사람은 부드러운 말투로 낮은 소리로 말하곤 했으며 화를 내는 일이란 한 번도 없었습니다. 참 알 수 없는 것은 그의 나이였지요. 나이에 비해 늙어 보이는 건지 혹은 언제나 젊어 보이도록 젊음을 잘 관리하는 건지 도저히 알 수가 없었어요. 그의 방 안 모든 것은 청결하긴 해도 닳아 해져 있어서, 책상에 씌운 초록색 책상보에서부터 시작하여 침대 앞에 깐 양탄자에 이르기까지 이 방은 온종일 가구를 반들반들하게 쓸고 닦으며 보내는 그런 노처녀의 몹시 추워 보이는 성역과도 같았습니다. 겨울에 그 집 난로의 깜부기 불씨는 단 한 번도 활활 불

20 샤를모리스 드 탈레랑Charles-Maurice de Talleyrand(1754~1838). 프랑스대혁명과 나폴레옹 시대를 거쳐 왕정복고, 루이필리프 통치에 이르기까지 카멜레온처럼 줄곧 고위 관직에 오른 정치가.

타는 일이 없이 언제나 잿더미 속에 파묻힌 채 꺼져가듯 피고 있었습니다.

그의 행동은 아침에 자리에서 일어나는 시간부터 밤에 기침으로 인한 발작이 일어날 때까지 시계추의 규칙성에 따르고 있었습니다. 말하자면 밤에 잠을 자고 나면 다시 원기를 회복하곤 하는 그 어떤 모형 인간과 다름없었습니다. 만약 종잇장 위로 기어가는 쥐며느리를 건드리면 그 벌레는 멈추고는 죽은 체하지요. 마찬가지로 그 사람은 말을 하는 중에도 지나가는 마차 소리가 나면 입을 다물곤 하는데, 무리해서 목소리를 높이지 않으려고 하는 것이지요. 퐁트넬[21]을 본떠서 그는 생명 유지에 필수적인 움직임을 아껴서 썼으며, 인간의 모든 감정을 자신 속에 집중시켰지요. 그래서 그의 생활은 마치 고대의 모래시계가 아무런 소리 없이 흘러내려가듯이 아무 말도 지껄이지 않고 흘러갔습니다. 때로 그의 희생자들은 매우 소란을 피우고 화를 내곤 하였지만, 곧 뒤이어 마치 오리의 멱을 따 죽이는 부엌에서처럼 엄청난 정적이 감돌곤 했답니다. 저녁 무렵이면 이 어음 인간도 평범한 인간으로 변하고 그의 금속처럼 단단한 심

21 베르나르 드 퐁트넬Bernard de Fontenelle(1657~1757). 백과전서파의 계몽주의 사상가이며 문학가인 퐁트넬은 100세까지 살았다. 발자크는 「운동의 이론Théorie de la démarche」(1835)에서 자기 에너지를 아끼려는 퐁트넬의 노력을 시사한다.

장도 사람의 심장으로 변신합니다. 만일 그가 그날 일과에 만족한 경우에는 두 손을 마주 비비곤 했는데, 그의 얼굴에 잔뜩 파인 깊은 주름살 속에서 기쁨의 연기가 피어올랐습니다. 사실 그 사람의 근육들의 소리 없는 움직임을 달리 표현할 도리가 없기 때문입니다. 그건 달리 표현하면 가죽 양말[22]의 텅 빈 웃음과 같은 느낌을 줍니다. 그러니까 정말로 몹시 기뻐서 어쩔 수 없을 때도 그는 여전히 한마디로 말하였으며 태도는 늘 소극적이었습니다.

내가 살고 있던 그레 거리 집에서 우연히 옆에 살게 된 이웃이 이런 식의 인물이었습니다. 그때는 내가 아직 소송대리인 사무소에서 이등 서기로 있었으며 법대의 3학년을 마쳤던 시기였습니다. 안마당이 없는 그 집은 습하고 음침했습니다. 그 집의 아파트들에는 거리 쪽에서밖에 햇빛이 들어오지 않는 겁니다. 건물을 크기가 똑같은 방들로 나누는 수도원 풍의 배치는 이 건물이 예전에 수도원의 일부였음을 알리고 있지요. 그곳의 각 방에 하나밖에 없는 출입문은 고통의 나날들이 비추는 길고 어두컴컴한 복도와 통하였습니다. 이 집의 침울한 광경을

22 제임스 쿠퍼의 소설 '가죽 양말 시리즈'의 등장인물 '내티 범포'(일명 '호크아이')는 항상 가죽 양말을 신고 등장한다. 쿠퍼는 발자크에게 월터 스콧이나 영국 범죄소설과 비슷한 영향을 끼쳤다.

보면 상류 가문의 그 어떤 쾌활한 젊은이도 내 이웃의 집에 들어가기도 전에 명랑한 기분을 곧 잃어버리게 되지요. 그의 집과 그는 서로 닮았습니다. 마치 바위와 거기에 붙어사는 굴과 같았지요. 그가 교제하고 있던 유일한 인간은 사회적으로 말하자면 저였습니다. 그는 불이 필요해서 나한테 찾아와서 책이나 신문을 빌리곤 했으며, 또 내가 밤에 수도원 같은 자기 방으로 찾아오는 것을 허락했는데 그가 기분이 좋을 때면 우리는 이야기를 나누곤 했었지요. 이러한 신뢰의 표시는 4년간의 이웃 생활과 나의 신중한 품행의 열매라고 볼 수 있었지요. 돈이 없었기 때문에 내 생활도 그와 비슷하기도 했었고요. 그에게 친척과 친구가 있나? 부자인가, 아니면 가난한가? 아무도 이런 질문에 대답할 수 없었을 것입니다. 나는 그의 집에서 돈을 본 일이 한 번도 없습니다. 그의 재산은 분명 은행 지하실에 보관되어 있었을 겁니다. 그는 사슴의 다리처럼 바싹 야윈 다리로 온 파리를 돌아다니면서 직접 자신이 가지고 있는 어음의 대금을 거두어들였지요. 그러나 조심성 때문에 어려움을 당하기도 했지요. 어느 날 우연히 그가 금을 소지하고 있었던 겁니다. 별안간 이중 나폴레옹 금화[23] 한 개가 어떻게 그리되었는지는 모르

23 나폴레옹의 초상이 새겨진, 20프랑짜리 나폴레옹 금화의 두 배인 40프랑짜리 나폴레옹 금화.

지만, 그의 호주머니에서 떨어졌습니다. 그 노인을 따라 계단을 내려오던 어떤 세입자가 그 동전을 집어서 그에게 내밀었지요.

"이것은 내 것이 아니오!" 그는 깜짝 놀란 몸짓을 하며 대답했습니다. "나한테 금화라고! 내가 부자였다면 지금 내가 사는 것처럼 살 것 같소?"

아침마다 그는 그을음으로 더러워진 벽난로 귀퉁이에 늘 놓여 있는 양철 화로에 직접 커피를 준비했습니다. 저녁 식사는 한 고기구이 식당 주인이 그에게 가져왔습니다. 우리 건물의 문지기 노파가 정해진 시각에 그의 방을 정돈하러 올라갔지요. 어떻든 스턴[24]이라면 무슨 숙명이라고 불렀을 테지만, 이 남자는 기이한 것이 곱세크[25]라는 이름이었지요. 나중에 내가 그의 뒷정리를 맡게 되었을 때 알게 된 사실인데, 우리가 서로 알고 지냈던 당시에 그는 벌써 76세였습니다. 그는 1740년 무렵에 앙베르 근교에서 출생했습니다. 어머니는 유대인이고 아버지는 네덜란드인이었으며, 그의 성명은 장에스테르 반 곱세크였

24 『트리스트럼 섄디』의 작가 로런스 스턴(1713~1768)은 인간과 그의 이름 사이에 조응 관계가 존재한다고 생각했다. 이 조응설은 『인간희극』에 자주 등장하는 주제이다.

25 '곱세크Gobseck'라는 이름은 '들이마시다gober', '물을 타지 않고 그대로 마시다boire sec'라는 표현을 떠올리게 한다.

습니다. 당신들도 라 벨 올랑데즈[26]로 불렸던 한 여자의 살인 사건에 대해서 파리 전체가 얼마나 떠들었는지 물론 기억하시겠지요? 언젠가 나는 이웃 노인과의 대화에서 우연히 그 사건에 관해서 이야기하게 되었는데 그는 별 흥미도, 놀란 기색도 전혀 표현하지 않고서, "그 여자는 내 종손녀네"라고 내게 말했지

26 La belle Hollandaise. '아리따운 네덜란드 아가씨'라는 뜻. 1814년 매춘 장소인 팔레루아얄에서 한 선장이 네덜란드 출신의 매춘부를 살인한 사건을 말하고 있다. 이 사건은 『세자르 비로토』에서 이야기된다.

요. 이 한마디 말은 그에게서 다만 그의 유일한 상속자였던 자기 누이의 손녀의 죽음만을 끌어냈을 뿐이었습니다. 재판심리를 통해서 나는 그 아리따운 네덜란드 여자의 성명이 실제로 사라 반 곱세크였다는 사실을 알게 되었지요. 내가 그에게 무슨 별난 일이 있어서 종손녀가 그의 성을 따르게 되었는지 설명해달라고 부탁하니까 그는 빙그레 웃으면서 "우리 집안 여자들은 지금까지 결혼한 적이 없네"라고 대답했답니다. 이 기이한 사람은 그의 친족인 부모 대부터 손자 대까지 4대의 여자와는 단 한 사람도 만나고 싶어 하지 않았던 겁니다. 그는 상속자들을 증오하였으며 언젠가는 비록 자신이 죽은 후에라도 본인 이외의 사람이 자기 재산을 소유할 거라고는 생각조차 하지 않았습니다.

그의 어머니는 그의 나이 열 살 때에 소년 수습 선원으로 인도의 네덜란드 통치령으로 가는 배를 타게 했지요. 그래서 그는 그곳에서 20년이란 세월을 떠돌아다녔습니다. 그의 누런색 이마의 주름살들은 무서운 시련, 돌발적인 불행한 사건들, 뜻하지 않은 우연, 낭만적인 곡절, 무한한 기쁨, 견뎌야 했던 배고픔의 나날, 짓밟힌 사랑, 위험에 연루된 후 파산 그리고 도로 찾은 재산, 수없이 위험에 빠진 목숨과 위급한 순간에 불가피하다고 변명할 수 있는 무자비한 순간적인 행동으로써 위기

일발의 목숨을 건진 결사적인 모험들, 이 모든 것들의 비밀을 간직하고 있을 겁니다. 그는 시뫼즈 제독, 드 랄리 씨와 드 케르가루에트 씨, 데스탱 씨, 드 쉬프랑 사령관, 드 포르탕뒤에르 씨, 그리고 콘월리스 경, 헤이스팅스 경,[27] 티푸 사이브[28] 부자父子를 알고 있었습니다. 델리에서 영주 마하지 신디아흐를 위해 복무하였고 마라타 동맹을 세우는 데 그렇게나 이바지했던 바로 그 사부아 사람[29]이 노인과 함께 일을 했답니다. 그는 빅토르 위그[30]와 또한 여러 유명한 해적들과 어떤 관계를 맺고 있었지요. 세인트토머스섬[31]에 오랫동안 체류했기 때문입니다. 부자가 되기 위해서라면 무슨 일이든 다 잘 시도해서, 심지어는 부에노스아이레스 근처의 그 소문난 야만족의 금을 찾아 나서기까지 했었답니다. 게다가 미국독립전쟁에 즈음해서도 그가 관여하지 않은 사건들은 없었습니다.

27 이들 인명에는 실존 인물과 『인간희극』 속 인물이 혼재되어 있다. 콘월리스 경, 헤이스팅스 경은 영국 편에서, 드 랄리 씨, 데스탱 씨, 드 쉬프랑 사령관은 프랑스 편에서 싸웠다. 드 케르가루에트 씨와 드 포르탕뒤에르 씨는 『인간희극』의 가공인물이다.

28 인도의 군주로, 영불전쟁 내내 프랑스에 협력했다.

29 샹베리 모피업자의 아들로 후에 백작이 된 브누아 르 보르뉴Benoit Le Borgne(1741~1830)를 가리킨다.

30 마르세유 출신의 해적.

31 지금의 미국령 버진아일랜드. 당시에는 덴마크령 서인도제도의 버진제도에 속해 있었다.

그러나 그가 서인도제도 혹은 아메리카에 대해서 말을 할 때는, 사실 아주 가끔 나에게 이야기할 뿐 다른 누구에게도 말하지 않는데도, 자신이 경솔했다는 느낌으로, 이야기한 것을 후회하는 것처럼 보이곤 했습니다. 만약 인간성과 사교성이 하나의 종교라 한다면 그 남자는 무신론자로 간주될 수 있겠지요. 사실 나는 그를 분석해볼 요량이었음에도 부끄럽게도 그의 심중은 최후의 순간까지 헤아릴 수 없었음을 인정하지 않을 수 없네요. 이따금 나는 이 사람이 남성인지 여성인지 자문했던 적도 몇 번 있습니다. 만일 고리대금업자들이 이 사람과 흡사하다면 그들 모두가 중성일 거로 생각됩니다. 그는 계속해서 자기 어머니의 종교를 충실히 지키고 있어서 기독교도들을 먹잇감으로 보고 있는 걸까요?[32] 아니면 가톨릭교나 이슬람교, 브라만교 혹은 루터 신교로 개종한 걸까요? 나는 그의 종교적 견해에 대하여 아는 것이 전혀 없습니다. 내게는 그가 신을 믿지 않는다기보다도 차라리 그것에 무관심한 사람처럼 보였지요.

어느 날 저녁 나는 이 재물을 모은 사람의 집을 찾아간 일이 있었지요. 반어법이든 아니면 조롱이든지 간에 그의 희생자들

32 어머니의 종교는 유대교를 암시하며, 유대교도 기독교와 마찬가지로 고리대금업을 금지하고 있으나, 이민족에게는 허가된다.

은 그를 파파 곱세크[33]라 불렀었지요. 하긴 그는 자기 고객들을 희생자란 말로 불렀었답니다. 그가 깊숙한 안락의자에 앉아 조각상처럼 꼼짝도 하지 않고 벽난로의 장식 선반에 눈길을 고정하고 있는 모습이 마치 어음할인 명세서를 훑어보기라도 하는 것만 같았습니다. 받침대가 예전에는 녹색이었던 램프가 그을음을 피우고 있었지만, 그 빛은 그의 얼굴에 생기를 불어넣기는커녕 오히려 창백함을 한층 더 두드러지게 했지요. 노인은 나를 말없이 쳐다보고는 내가 앉을 의자를 손으로 가리켰습니다. '도대체 이 인간은 무엇을 생각하는 걸까?' 나는 생각했습니다. '신이라든가, 감정이라든가, 여자라든가, 행복이라는 것이 존재하는지 이 사람은 알기나 할까?' 나는 마치 병자를 불쌍히 여기기라도 하는 것처럼 그가 가엾다는 생각이 들었습니다. 그렇지만 동시에 그가 은행에 수백만의 거액을 가지고 있으므로 자기가 두루 돌아다니고 샅샅이 뒤지고 음미하고 값을 매기고 개척한 토지를 마음만 먹으면 몽땅 소유할 수 있다는 것도 잘 알고 있었지요.

"안녕하세요, 파파 곱세크?" 그에게 인사를 했지요. 그는 머리를 내 쪽으로 돌리고 두꺼운 검은 눈썹을 살짝 찡그렸지요.

33 아빠라는 의미의 '파파papa'는 구어에서 특정 나이의 남성을 다정하게 부르는 말로 쓰인다.

이 독특한 찡그림은 그에게 남프랑스인의 가장 정다운 미소와 같은 겁니다.

"침울하시네요. 마치 누군가 그 출판업자가 파산했다는 소식을 전하러 왔던 그날처럼 말입니다. 그때 당신은 그로 인해 피해를 본 사람이었는데도 그의 교활한 솜씨에 무척이나 탄복했었지요."

"내가 피해자라고?" 그는 깜짝 놀란 투로 말했습니다.

"그 남자는 합의[34]를 끌어내기 위해서, 파산한 회사의 이름으로 발행한 어음으로 당신한테 빌린 돈을 결제하였지요? 그리고 일이 수습되자, 이번에는 그 합의에 따라서 바로 그 어음을 당신에게 할인받지 않았던가요?"

"그는 교활한 사람이었지." 그는 대답했습니다. "그렇지만 나중에 내가 그를 다시 붙잡아서 골탕을 먹여주었다네."

"그럼 부도어음이라도 있는 건가요? 오늘은 분명 월말인 30일인데요."

내가 그에게 돈에 관해 말한 것은 처음이었습니다. 그는 조롱하는 듯한 눈짓으로 나를 힐끗 쳐다보더니 다정한 목소리로 말하였는데, 그 목소리의 억양은 플루트를 불 줄도 모르는 학

34 파산한 채무자와 채권자 간의 타협으로, 파산한 채무자에게 지불 편의와 그 빚의 부분적인 삭감까지도 가능케 한다.

생이 그 악기로 내는 소리와 흡사했습니다.

"나는 지금 즐기고 있는 거라네." 그가 내게 말했지요.

"그러니까 당신에게도 즐긴다는 것이 있나요?"

"자네가 생각하기에는 시를 출판하는 자들만이 시인인 것 같은가?" 그는 어깨를 으쓱하고 딱하다는 시선을 던지면서 내게 물었지요.

'이런 인간의 머릿속에 시라고!' 나는 생각했지요. 그때까지 나는 그의 인생에 대해서 아무것도 모르고 있었기 때문입니다.

"내 인생만큼 빛나는 인생이 있겠나?" 그가 계속해서 말했습니다. 그의 눈은 빛이 났지요. "자네는 젊네. 자네는 혈기 왕성한 생각들로 가득하지. 자네는 벽난로의 불씨 속에서도 여자들의 얼굴을 보지만, 나는 그 불씨 속에서 그저 재가 보일 뿐이네. 자네는 모두를 신뢰하고 있지만 나는 아무도 믿지 않지. 그래, 할 수만 있다면 자네는 환상들을 잘 지키도록 하게나. 내가 이제 인생이 어떤 것인지를 말할 테니 들어보게. 자네가 여행을 하든, 난로와 아내 옆에서 시간을 보내고 있든, 인생이라는 것은 자신이 선호하는 환경에 능숙한 습관 이외에는 아무것도 아니라고 보는 나이가 결국 오고야 만다네. 그렇게 되면 행복이란 우리의 능력을 현실에 맞추어서 행사하는 데 있는 거지. 이 두 가지 가르침 이외에 모든 것은 다 거짓말이네. 내 원칙들도 다른 사람들과 마찬가지로 변했네. 지구상의 위도가 바뀔 때마다 그것들을 바꾸어야만 했지. 유럽에서 경탄하는 것이 아시아에서는 벌을 받네. 파리에서는 악습으로 간주하는 것이 아조레스제도를 지날 때는 필요불가결한 것이 되었다네.[35] 이 세상에는 정해진 것이 아무것도 없지. 풍토에 따라 변하는 관습이 있을 뿐이네. 모든 형태의 사회에 마지못해 떠밀려 온 사람에게 그 도덕들과 신념들이란 그저 가치 없는 단어들에 불과하다네. 자연이 우리에게 부여한 오직 하나의 감정만이 남아 있는데 이것은 우리가 지닌 자기 보존에 대한 본능이네. 자네 유럽인의 사회에서는 이 본능이 개인적인 이해利害라고 불리고 있지. 자네도 나만큼이나 오래 살다 보면, 한 남자가 관여할 만한 확실한 가치를 지니고 있는 것은 단 하나밖에 없는 물질적인 사물에 불과하다는 사실을 알게 될 것일세. 그 사물은…… 바로 '금'이네.

금은 모든 인간의 힘을 대행하지. 나는 여행을 했네. 세상 어느 곳에나 평야도 있고 산도 있지. 그런데 평야들은 지루하게 하고 산들은 피곤하게 만들지. 결국 장소란 아무런 의미도 없네. 풍속에 대해서 말한다면 인간은 아무 데서나 마찬가지

35 곱세크의 표현은 『고리오 영감』의 보트랭의 독트린과 매우 유사하다.

라네. 어디서나 가난한 자와 부자의 싸움이 있지. 어디서나 그것은 불가피하다네. 그렇다고 하면 남들에게 착취당하는 자가 되는 것보다는 자신이 착취자가 되는 편이 더 나은 게지. 어디서나 일하는 근육질의 사람들과 고심하는 림프 체질의 사람들을 마주치게 된다네. 그리고 쾌락들도 가는 곳마다 똑같네. 감각들은 모두 다 고갈되기 때문이고, 거기서 유일하게 살아남는 감정은 허영심뿐이기 때문이네! 허영심이라는 것은 언제나 자기 자신이라네. 허영심은 끝없이 금에 의해서밖에 만족하지 않는 것이지. 우리의 상상력을 실현하기 위해서는 시간, 물질적인 수단과 다양한 관심이 필요하네. 그런데 금은 세상만사 모든 것을 잠재 상태로 내포하고 있으니 그 모든 것을 가져다준다네. 그저 미친 자들과 병든 자들만이 몇 푼을 딸 수 있을까 싶어 매일 밤 카드를 섞는 데서 행복을 구할 수 있는 거지. 오직 바보들만이 무슨 일이 벌어지는지, 즉 모 부인이 자기 소파에 혼자서 누울 것인가 혹은 누군가와 함께 누울 것인가, 그 여자는 림프보다 피가 더 넘칠 것인가, 미덕보다 기질이 더 뜨거운가에 대해 생각하며 시간을 허비할 수 있는 것이네. 그저 얼간이들만이 언제나 예측 불가능한 사건들을 다스리려고 정치의 원칙들을 제시하는 데 전념하면서 자신들이 동포들에게 유익하다고 생각할 수 있는 거지. 배우들 이야기를 하며 그들의 대사를 따라 하거나, 짐승들이 자신이 갇혀 있는 우리 안에서 돌아다니는 산책을 매일 단지 그보다 조금 넓은 장소에서 하거나, 타인을 위해서 옷을 입거나, 타인을 위해서 식사를 하거나, 이웃보다 그들이 단지 사흘 먼저 구매할 수 있었던 어떤 말이나 마차에 대해 거드름 피우거나 하는, 이러한 것들로 기뻐할 수 있는 자는 그저 그 멍청이들뿐이네. 이것이 바로 몇 마디로 요약된 자네들이 말하는 파리 사람들의 삶이네. 그렇지 않은가?

인생이라는 것을 그들이 보고 있는 곳보다 좀 더 높은 곳에서 보도록 하세. 행복이란 말이네, 우리의 생명을 소모하게 하는 강렬한 감동이든가, 그게 아니면 일정한 시간에 따라 작동하는 영국식 기계처럼 굴러가는 규칙적인 일거리든가 그 어느 쪽에 있다네. 이와 같은 두 가지 행복 위에는 소위 고상한 호기심이 존재하는데, 자연의 비밀을 알아내려는 혹은 자연의 작용을 이를테면 모방하려고 하는 그런 호기심이라네. 이것은 간단히 말하자면 '예술' 또는 '학문', '열정' 또는 '평온'이라네. 그렇지 않은가? 그런데 오늘날 자네들 세상의 사회적 이해관계들로 확대된 그 모든 인간적 열정은 평온 속에 살고 있는 내 앞에 퍼레이드를 하러 온다네. 더군다나 자네들의 학문적 호기심이란, 인간이 언제나 열세에 놓이게 되는 일종의 싸움인데, 나는 그런 부류의 호기심을 갖는 대신에 '인류'를 움직이고 있는 모든 이면을 속속들이 내다보는 것이네. 한마디로 말해서 내가 피로감을 느끼지 않고서 세상을 소유하고 있으니, 세상은 내게 아무런 영향력도 끼치지 못하는 거라네. 내 말을 들어보게." 그가 다시 이야기를 계속했습니다. "아침나절에 있었던 사건들에 관한 이야기를 듣게 되면 자네는 내 기쁨이 어떤 것인지를 알아맞히게 될 걸세."

그가 자리에서 일어나서 문에 빗장을 지르고는 창문에 다가가서 낡은 태피스트리로 된 커튼을 치니까 그 커튼 고리들이 봉 위에서 날카로운 소리를 냈습니다. 그러고 나서 그는 다시 안락의자에 앉으러 왔지요.

"오늘 아침에," 그가 내게 말했지요. "나는 받아야 할 어음이 딱 두 장밖에 없었지. 나머지 어음들은 바로 어제 현금 대신에 단골들에게 주었으니까. 그만큼이라도 번 셈이지! 그 어음을 할인할 때, 징수하는 데 필요한 교통비로 가상의 이륜마차 비용으로 40수를 계산해서 공제하기 때문이라네. 그런데 한 명의 고객이 단지 6프랑의 할인금 때문에 내가 파리 시내를 가로지르게 한다면 꽤 재미있는 이야기잖나? 아무에게도 절대로 복종하지 않고, 7프랑의 세금밖에 내지 않은 사람이 바로 나일세. 내가 갖고 있던 두 장의 어음 가운데 한 장은 1천 프랑의 액면가로 한 젊은 미남자가 내놓은 건데, 그는 번쩍거리게 장식된 조끼를 입고 코안경을 걸치고, 영국 종마가 끄는 틸버리 마차[36]를 타는 등등의 인물이었다네. 그 어음은 어느 부인이 서명해서 발행했는데 그녀는 파리에서 가장 매력 있는 여성 중 한 사람이고 웬 돈 많은 지주인 백작의 아내였다네. 어째서 그 백작부인이 법률적으로는 어떤 가치도 없는[37], 그러나 실상은 매우 유효한 약속어음에 서명했겠나? 이 가련한 여자들은 어음거절증서[38]가 부부 생활에 가져올지도 모를 추문을 두려워해서 돈을 지급하지 못할 때 차라리 자기 몸으로 청산할 준비가 되어 있기 때문이 아니겠나? 나는 이 약속어음의 비밀스러운 가치를 알고 싶었다네. 바보짓이었는지, 무모함이었는지, 사랑 혹은 그게 아니면 자선이었을지를 말이네.

두 번째 어음은, 같은 액면가에, 서명인은 파니 말보로 되어 있고, 파산에 직면한 한 포목상이 가져왔네. 사실 은행에 조금이라도 신용이 있는 사람은 내 가게에는 오지 않지. 내 방문에

36 19세기 초 영국과 프랑스에서 유행했던 지붕이 없는 2인승 이륜 경마차.

37 나폴레옹이 제정한 '민법전'에 따라 기혼 여성은 법률적으로 무능력하게 되어 있었다.

38 어음의 권리와 행사 또는 보전에 필요한 행위를 한 사실과 그 결과를 증명하는 공정증서. 어음의 지불일에 지불이 거절된 것을 표시하는 증서를 작성해두지 않으면 어음의 소유자는 상환청구권을 행사할 수 없다.

서 내 책상 앞까지 내딛는 그 첫발자국은 일종의 절망과 곧 닥칠 파산 그리고 특히 모든 은행에서 당한 대부금 거절을 보여주는 것이네.

따라서 내가 보는 것은 채권자들의 무리한테 쫓겨서 궁지에 몰리고 있는 사슴들뿐이라네. 백작부인은 엘데르 거리[39]에 살고 있었고, 파니 말보는 몽마르트르 거리에 살고 있었네. 오늘 아침 여길 나서서 그쪽을 향해 가는 도중에 내가 얼마나 여러 가지 추측을 했겠나? 만일 이 두 여자가 갚을 처지가 아니라면 그녀들은 물론 나를 자기 친아버지보다 더 융숭하게 맞이할 테지. 백작부인이 1천 프랑 때문에 내게 마치 원숭이인 양 우스꽝스러운 시늉을 얼마나 할 것인가? 다정한 표정을 지을 것이고 어음을 배서한 그 젊은 놈한테나 보낼 응석 어린 그런 부드러운 목소리로 내게 말할 것이고 아양을 떨 거야. 어쩌면 내게 애원할지도 모르지. 하지만 난 말이야……." 노인은 나에게 차가운 눈빛을 던졌습니다. "그러나 난 말이야, 흔들림이 없지!" 그는 다시 말했습니다. "나는 마치 복수하는 남자처럼 그곳에 있고, 양심의 가책을 체현하는 것처럼 보일 거야. 이제 추측 이야기는 그만하지. 난 도착했다네.

39 쇼세당탱 구역에 있다.

'백작부인은 주무시고 계세요.' 그 집 하녀가 내게 말했네.

'언제 뵐 수 있죠?'

'정오에요.'

'백작부인이 어디 아프신가요?'

'아니에요. 사실 부인은 무도회에서 새벽 3시에 집에 들어왔어요.'

'난 곱세크요. 부인에게 내 이름을 알려주시오. 12시에 내 여기에 다시 오리다.'

그리고 나는 계단의 대리석 판석들을 덮고 있는 융단 위에 내가 거기에 있었음을 알리는 표시를 해놓으면서 그 집에서 나왔네. 사실 난 부자들의 융단을 내 신발의 진흙으로 더럽히는 걸 좋아하네. 그것은 옹졸함 때문에 그런 게 아니라 부자들이 '가난의 신'[40]의 발톱 자국을 느끼게 해주려는 것이라네. 이번에는 몽마르트르 거리에 도착해서 어떤 신통치 않은 외관의 집 오래된 대문을 열고 들어서니까 햇빛이라고는 전혀 들지 않는 안마당이 보였네. 그런 어두침침한 안마당들은 자네도 알지 않나. 문지기실은 어두컴컴하고 창문 유리는 너무 오래 입은 겨울 솜 외투의 소매처럼 더러웠네. 기름때가 묻어서 거의 갈색

40 로마신화의 운명과 행운의 여신 포르투나를 우의적으로 가리킨다.

에 가까운 데다 금이 갔더군.

'파니 말보 양이 있나요?'

'그녀는 외출했어요. 그런데 만일 어음 때문에 오신 거라면 돈은 여기에 있어요.'

'내가 다시 들르도록 하지요.' 나는 말하였다네.

문지기가 그 금액을 갖고 있다고 듣자, 갑자기 나는 그 젊은 여자를 만나고 싶었네. 내 생각에는 어쩐지 그 여자가 미인처럼 생각되었거든. 그래서 나는 큰길가 쪽으로 진열된 판화들을 들여다보며 아침나절을 보냈네. 그러고 나서 시계가 12시를 가리킬 때 나는 백작부인의 방과 통하는 응접실로 곧바로 들어갔네.

'부인이 방금 종을 쳐서 나를 부르셨어요.' 하녀가 내게 말하였네. '당장은 볼 수 없을 것 같아요.'

'기다리지요.' 나는 안락의자에 앉으면서 대답했네.

덧창이 열리더니 하녀가 달려와서 내게 말하더군.

'어서 들어오세요.'

이 목소리의 부드러움에서 나는 그녀의 여주인이 돈을 지불할 형편이 못 된다는 사실을 간파했네. 그런데 내가 본 여인이 어찌나 대단한 미인이었는지! 맨살이 드러난 어깨에다 서둘러서 캐시미어 숄을 걸쳤는데도 그녀가 두른 그 숄의 형태들

밑으로 맨어깨를 짐작할 수가 있더군. 그 여자는 눈처럼 새하얀 레이스 주름 장식이 달린 실내 가운을 입고 있었는데, 이것으로 보아 적어도 1년에 2천 프랑가량을 고급 란제리 세탁비로 지출해야 한다는 것을 알 수 있었네. 검은색 머리카락은 크레올 여자처럼 머리를 되는대로 말아 묶은 스카프의 굵은 매듭 사이로 삐죽 나왔더군. 침대는 난잡한 양상을 보여, 분명 잠들기 힘든 하룻밤이었음을 연상시켰네. 화가라면 아마 돈을 내고라도 이 광경을 몇 분 동안이라도 응시해보고 싶었을 거네. 장식 휘장들이 침대 양옆에 관능적으로 비끄러매여 있었고 그 밑으로 구겨진 푸른색 비단의 새털 이불에 푹 들어가 있는 베개는 그 레이스 장식이 이 쪽빛 바탕에서 더욱 눈에 띄었고, 거기에는 어렴풋한 형태들의 흔적이 남아 있어서 보는 사람의 상상을 자극할 만했지. 침대 다리는 마호가니에 사자 모양이 새겨져 있었는데, 그 다리 밑에 깔린 널찍한 곰 가죽 위에는 무도회에서 피로에 지쳐 돌아온 여자가 되는대로 벗어 던진 하얀 새틴 구두 두 짝이 반짝이고 있었네. 한쪽 의자에는 구겨진 드레스가 걸려 있었고 그 소매는 방바닥에 닿아 있었네. 다른 쪽 안락의자의 발치에는 가벼운 바람에도 날려갈 듯한 스타킹이 꼬여 있었고, 2인용 소파 위에는 스타킹을 고정하는 흰 고무 밴드들이 길게 널려 있었지. 절반가량 펼쳐진 값비싼 부채가 벽난로 위에서 빛나고 있었네. 서랍장의 서랍들은 빼놓은 채였고, 꽃들, 다이아몬드들, 장갑들, 부케, 허리띠가 온 방 여기저기 널려 있었지. 어떤 미묘한 향수 냄새가 풍기고 있었네. 모든 것이 사치이고 난잡함이며, 조화로움이 없는 아름다움이었네.

그렇지만 그러한 것 밑에서 웅크리고 숨어 있는 비참함이 그녀에게도 또한 그 연인을 향해서도 머리를 쳐들고 그 날카로운 이빨을 드러내고 있었지. 백작부인의 피곤한 얼굴은 향연의 잔재가 널려 있는 이 침실과 똑 닮았다네. 사방에 널려 있는 잡동사니는 나의 동정심을 불러일으켰지. 그것들은 모여서 어제까지만 하더라도 누군가의 열에 들뜬 듯한 흥분을 자아냈을 테니까. 양심의 가책으로 시달리는 그런 사랑의 추억물들, 방탕하고 사치스러운, 소문이 자자한 그런 생활의 모습 자체인 이 광경은 덧없는 쾌락을 잡으려는 탄탈로스[41]의 절망적인 노력을 이야기하고 있었네. 이 젊은 여인의 얼굴에 가득한 홍조는 그 여자의 고운 피부를 말해주고 있었는데도 얼굴은 좀 부어오른 것처럼 보였고 눈 밑에 드리운 눈 그늘은 보통 때보다도 더 뚜렷하게 나타났었네. 그런데도 타고난 체질은 활력이 넘쳤기에

41 그리스신화의 인물. 제우스의 아들로, 신들의 비밀을 누설했다고 해서 저승으로 추방되어 연못에 목이 닿을 만큼 잠겼으면서도 물을 마실 수가 없고, 과일이 달린 가지가 눈앞에 있는데도 먹을 수 없는 고통을 겪었다.

방탕한 생활의 그런 표지들이 그 여자의 아름다움을 해치지는 않았지. 눈은 빛나고 있었네. 그 여자는 레오나르도 다빈치의 붓에서 나왔을 법한 그런 헤로디아[42]를 닮았지(나는 예전에 그 림을 매매한 적이 있었네). 그 여자는 생기와 힘으로 충만되어 매우 아름다웠어. 그 윤곽이나 이목구비에도 천해 보이는 구석은 전혀 없었네. 그녀는 연정을 불러일으키는 여자이면서도 그녀 자신은 사랑보다 더 강하리라고 생각되었네. 그녀는 내 마음에 들었네. 심장이 뛰었던 적은 아주 오래전이었지. 그러니까 나는 이미 돈을 받은 셈이었네! 사실 내 젊은 시절을 떠올리는 듯한 감동을 내게 주기라도 한다면 그 대가로 1천 프랑쯤은 기꺼이 낼 수도 있었으니까.

'저기요.' 그녀는 내게 의자를 권하면서 말을 시작하였네. '미안하지만 좀 기다려주시겠어요?'

'내일 정오까지로 하죠, 부인.' 나는 그 여자에게 내보였던 어음을 다시 접으면서 대답했네. '그 시간이 아니라면, 내겐 어음거절증서를 만들 권리가 없는 겁니다.' 그러고 나서 마음속으로는 이렇게 말했네. '네 사치의 대가를 지불해라. 이름의 대

42 다빈치는 이런 유의 헤로디아를 그리지는 않았다. 그의 제자 베르나르디노 루이니Bernardino Luini가 그린 헤로디아의 딸 살로메 그림과 혼동한 것이다.

가를 지불해라. 행복의 대가를 지불해라. 너만이 즐기고 있는 독점료를 지불해라. 부자들은 재산을 보호하기 위해서 법정과 재판관과 저 단두대까지 만들었지. 아무것도 모르는 자들이 가까이 다가가서 몸을 태우고 마는 일종의 촛불과도 같은 것이야. 그러나 비단 이불을 뒤집어쓰고 자고 있는 너희들에게도 양심의 가책이 있고, 미소 아래에 숨겨진 이갈이가 있지. 그리고 너희들 심장을 덥석 물고 늘어지는, 엄청난 사자의 아가리가 있는 거야.'

'거절증서라고요! 정말 그런 것을 고려하고 있는 건가요?' 그녀는 나를 주시하면서 큰 소리로 말했네. '나에게는 조금도 경의를 표해주지 않을 건가요!'

'만약 내게서 돈을 빌리고 반환하지 않는 자가 왕이라 해도 다른 어떤 채무자보다도 가장 먼저 법정에 소환할 겁니다.'

그 순간 우리는 누군가가 조용히 문을 두드리는 소리를 들었네.

'지금은 만날 수 없어요!' 그 젊은 부인은 명령조로 소리쳤네.

'그래도 아나스타지, 난 당신을 꼭 봐야겠소.'

'여보, 지금 당장은 안 돼요.' 그녀는 약간 누그러진 목소리로 대답했지만, 전혀 상냥하지 않게 말했네.

'그런 농담을 하다니! 당신은 지금 누군가와 말하고 있지 않소.' 웬 남자가 들어오면서 답했는데, 그는 백작인 게 틀림없었네. 백작부인이 나를 쳐다보았는데 나는 그녀가 나의 노예가 되었다는 사실을 알았네. 나도 젊었을 적에 어음거절증서를 작성하지 않은 그런 바보짓을 한 적이 있었지. 1763년 퐁디셰리[43]에서 나는 나를 잘도 속여먹은 한 여인에게 면제해준 적이 있네. 사실 속을 만도 했지. 무엇 때문에 내가 그 여자를 믿었겠나?

'무슨 일로 오셨지요?' 백작은 내게 물었지.

그 순간 나는 머리부터 발끝까지 떨고 있는 여자를 보았네. 여자의 하얗고 매끈한 목이 울퉁불퉁해졌지. 속된 표현으로 말하자면 닭살이 돋았던 거라네. 그런데 사실 나는 비웃었네. 내 얼굴의 근육을 전혀 움직이지 않았지만 말이네.

'출입하는 상인이에요.' 그녀가 말했네.

백작이 내 쪽으로 등을 돌렸기에 나는 주머니에서 접은 어음을 절반쯤 끄집어냈지. 이 무자비한 손짓을 보자 젊은 여자는 내게 다가와서 다이아몬드 하나를 내놓더군.

'이것을 가져가세요.' 그녀가 말했네. '그리고 빨리 나가주

43 인도 남부의 항구도시.

세요.'

우리는 두 가치를 교환했지. 난 그녀에게 인사하고 나왔네. 내 보기엔 그 다이아몬드가 1200프랑은 족히 되겠더군. 안마당에서 떼 지어 있는 하인 무리를 보았네. 그들은 자기들 제복에 솔질을 하거나 구두에 왁스 칠을 하거나, 아니면 화려한 마차를 청소하고 있었지.

'그 이유가 바로 이거였어.' 난 혼잣말을 했네. '저 사람들을 내 집으로 오게 하는 것이 바로 이거였군. 저 사람들에게 수백만의 돈을 모른 척 도적질하고, 자기 조국을 배신하게 부추기는 것이 바로 이거였어. 대귀족이나 혹은 그 흉내를 내는 자들은, 제 발로 걷다가 흙투성이가 되지 않으려고 애쓰다가 오히려 진흙탕 물을 온몸에 뒤집어쓰게 되는 거야.'

그때 정문이 열리고 젊은이의 카브리올레 마차가 들어왔는데, 그는 내게 그 어음을 가져왔던 자였네. 나는 그가 마차에서 내리는 것을 보고 말했네.

'여기 돈 200프랑이 있는데 이것을 백작부인에게 전해주십시오. 그리고 오늘 아침 내게 맡긴 저당물은 일주일 동안 부인의 재량권으로 두고 내가 잡고 있을 거라 전해주십시오.'

남자는 그 200프랑을 받았지. 그런데 그의 입술에는 마치 '허! 그녀가 갚았네. 그건 다행이네!'라는 말이라도 하듯이 조롱 섞인 미소가 슬쩍 스쳐 지나갔지.

나는 이 표정을 보고 백작부인의 앞날을 읽을 수 있었네. 금발에 냉정하고 인정 없는 노름꾼인 이 미남자는 머지않아 파산하고, 백작부인을 파산시킬 것이고, 그 여자의 남편을 파산시킬 것이며, 그 자식들을 파산시키고, 자식들의 몫도 먹어치울 거네. 그리고 아마 적의 한 연대에 곡사포의 포격이 일으키는 것보다 더 많은 피해를 파리의 사교계를 통해서 만들어낼 테지.

나는 몽마르트르 거리에 사는 파니 양 집엘 갔네. 좁고 가파른 계단을 올라갔지. 6층에 다다라, 방 두 칸짜리 아파트로 들어갔는데 방 안의 모든 것은 마치 새 두카 금화[44]처럼 아주 깨끗했네. 첫 번째 방의 가구들 위에는 먼지라곤 찾아볼 수가 없었고, 그 방에서 파니 양이 나를 맞이했는데, 그녀는 파리의 젊은 처녀로, 소박하게 차려입었네. 우아하고 생기발랄한 얼굴, 상냥한 표정, 곱게 빗어 넘긴 짙은 밤색 머리는 양쪽 관자놀이 위로 두 갈래의 아치 모양으로 말아 올렸는데 이것은 수정처럼 맑고 파란 두 눈에 그 어떤 섬세한 느낌을 주고 있었지. 작은 창문에 쳐진 커튼을 통해 비치는 햇빛은 그 여자의 수수한 표

44 13세기 베네치아에서 통용되던 금화.

정에 감미로운 빛을 자아냈네. 그 여자 주변에는 재단된 천 조각 뭉치들이 많이 있었는데 나는 그녀가 무엇으로 살림을 유지하는가를 알 수 있었다네. 그 여자는 리넨에 자수를 놓는 일을 하고 있었네. 그녀가 거기에 있는 모습은 마치 고독의 정신처럼 보였지. 나는 그녀에게 어음을 내밀면서, 오늘 아침에 왔다가 만나지 못했다고 이야기를 했지.

'하지만,' 그녀가 말했지. '그 돈은 문지기 아주머니에게 맡겼었는데요.'

나는 못 들은 척했네.

'보아하니 아가씨는 집에서 이른 아침에 나가나 보죠?'

'여간해서는 제가 집 밖에 있는 적이 없지요. 하지만 밤을 새워 일하게 되면 목욕하러 갈 경우가 때로는 있어요.'

나는 그녀를 주의 깊게 살폈지. 대번에 그 여자의 모든 걸 짐작하였네. 어떤 불행한 사정으로 말미암아 일을 하게 된 아가씨로, 누군가 정직한 농가의 딸이 틀림없었지. 그 여자의 얼굴에는 시골 태생 특유의 그런 주근깨 두서너 개가 그때까지도 있었기 때문이지. 표정에는 설명하기 힘든 어떤 선량함이 풍기고 있었네. 마치 내가 진정성과 순진무구함의 환경에 사는 것 같아서 어쩐지 내 허파들이 시원해지는 느낌이었네. 죄 없고 딱한 아가씨! 그 여자는 무엇인가를 믿고 있었지. 칠이 된 별

볼 일 없는 나무 간이침대 위에는 두 개의 회양목 가지로 장식한 십자가 하나가 걸려 있었네. 나는 말하자면 감동했지. 어디 괜찮은 가게를 살 생각이라면 그걸 도와주기 위해 나는 그 여자에게 단 12%의 이자로 돈을 대출해줄 수 있다고 생각했네.

'하지만,' 나는 속으로 말했지. '사촌 형제라도 있어서, 이 딱한 아가씨에게 어음을 서명 발행토록 해서는 돈을 만들고, 그렇게 해서 이 여자를 조금씩 갉아먹는지도 모르지.'

결국 나는 내가 하는 관대한 생각을 스스로 경계하면서 그곳을 나왔지. 설사 선행이 은혜를 베푼 사람에게 해로운 결과를 가져오지 않을지라도 그 선행으로 인해 은혜를 입은 사람은 절망하게 되는 경우를 자주 볼 수 있었기 때문이었네. 조금 전 자네가 내 방으로 들어왔을 때 나는 파니 말보는 참하고 사랑스러운 아내가 될 거라고 생각했네. 난 그녀의 순수하고 고독한 생활과 백작부인의 생활을 비교했지. 이미 어음에 손을 대고 머지않아서 방탕의 구렁텅이 속 깊은 곳까지 굴러떨어질 그 백작부인의 생활과 말이네!"

곱세크는 잠시 깊은 침묵을 지킨 후에 다시 이야기를 시작했는데, 그가 생각에 잠긴 동안 나는 그를 살폈지요.

"그런데 그렇게 사람들의 가장 비밀스러운 마음 깊숙한 곳을 간파하거나, 타인의 생활로 들어가서 그것을 적나라하게 보거나 하는 것은 별거 아니라고 생각하나? 바라보는 광경은 언제나 바뀐다네. 즉 흉측한 상처들이 있고, 죽을 만큼의 슬픔이 있으며, 사랑 장면이 있는가 하면, 센강 물에 몸을 던질 수밖에 없을 것 같은 빈곤이 있고, 젊은이들을 교수대로 이끌고 가는 환희가 있으며, 절망에서 오는 웃음과 성대한 향연과 같은 것들이 있다네. 어제는 비극이었지. 어떤 정직한 아버지가 더는 자기 아이들을 먹여 살리지 못하게 되어서 목을 맸다네. 내일은 희극이라네. 한 젊은이가 우리를 상대로 디망슈 씨의 연극 한 장면[45]을 현대풍으로 연기하려고 할 거네. 자네도 지난 세기에 활약했던 설교사들의 웅변 방식에 대한 사람들의 평판은 들은 적이 있을 거야. 사실 나도 때때로 그들의 말을 들으러 가서 시간을 허비했던 적이 있네. 그들은 내 의견을 변화시키기는 했지만, 누군가가 말한 것처럼 행동이라는 것은 결코 변화시키지 못했다네. 여보게, 그 모든 저명한 설교사들, 자네들의 미라보나 베르니오[46]나 또 여타의 사람들은 내가 만난 웅변가들에 비하면 그저 말더듬이들에 불과하네. 사랑에 빠진 젊은 처녀, 파산에 직면한 늙은 상인, 아들이 저지른 잘못을 숨기려고 애쓰는

45 몰리에르의 고전 희극 『동 쥐앙』 4막 3장의 장면. 빌려준 돈을 받으러 온 디망슈 씨가 동 쥐앙과 스가나렐에게 속아서 추방되는 장면.

46 프랑스대혁명 시기에 웅변 실력으로 유명했던 혁명가들.

어머니, 빵을 살 돈도 없는 예술가, 총애를 잃고 돈이 없기 때문에 장기간에 걸친 노력의 결실을 자칫하면 잃어버릴 수 있는 고관대작, 이 모든 사람이 때로는 그들의 말솜씨로 나를 소스라치게 놀라게 하곤 하네. 이들 숭고한 배우들은 나 한 사람만을 위해서 연기를 하지. 그런데 그들이 나를 속이지는 못하네.

내 눈은 하느님의 눈과 같아서 마음속을 읽는다니까. 내 눈앞에서는 아무것도 숨겨지지 않지. 사람들은 돈 가방의 끈을 묶었다 풀었다 하는 사람에게는 아무것도 거절할 수 없다네. 나는 많은 돈을 가지고 있기 때문에 관청 사환을 비롯해서 애인에 이르기까지 대신들을 좌지우지하게 하는 사람들의 양심을 매수할 수 있네. 이것이 '권력'이 아니란 말인가? 나는 가장 아름다운 여자도 소유할 수 있고 그녀들의 가장 달콤한 애무를 손에 넣는 것이 가능하지. 이게 '쾌락'이 아니란 말인가? 자네들의 사회질서 전체도 단적으로 말하면 '권력'과 '쾌락'으로 환원 가능한 것이 아니겠나? 그러니까 우리는 파리에 열 명쯤 되네. 모두 조용하고 알려지지 않는 왕들로 자네들 운명의 결정권을 쥐고 있는 자들이지.[47] 인생이란 돈이 움직이게 하는 하나의 기계가 아니고 뭐란 말인가? 수단들은 언제나 그것의 결과

47 『인간희극』의 세계에서 새로운 비밀 사회를 형성하는 고리대금업자들이다.

들과 혼동된다는 점을 알아두게. 사실 자네는 결코 감정과 감각, 정신과 물질을 구별할 수는 없을 테니까 말이야. 금은 자네들이 사는 현 사회의 정신이라네.

우리는 같은 이해관계로 연결되어 있어서 주중의 정해진 날에 퐁뇌프 다리 근처에 있는 테미스 카페에서 모인다네. 거기서 우리는 금융의 각종 비밀을 서로에게 폭로하네. 어떤 재산가도 우리를 기만할 수가 없지. 우리는 모든 이름 있는 가문들의 비밀들을 파악하고 있거든. 우리는 일종의 **검은 장부**를 가지고 있는데 거기에는 공채, 은행, 상업에 관한 가장 중요한 메모들이 적혀 있다네. 증권거래소의 결의론자[48]로서 우리는 말하자면 일종의 신성한 종교재판소를 조직하고 그곳에서 어느 정도의 재산을 소유하고 있는 사람들에 대해서는 아주 하찮은 행동에서도 모두 평가하고 분석하네. 게다가 우리는 언제나 일의 진상을 판별하는 거네. 이자는 법조계를, 저자는 재계를 감시하고, 어떤 자는 정계를, 또 어떤 자는 실업계를 감시하지. 난 말이네, 귀족 가문의 자제들, 예술가들, 사교계 사람들, 노름꾼들, 한마디로 파리에서 가장 감정의 움직임이 격렬한 분야를 담당하고 있네. 우리는 모두 저마다 자기 이웃의 비밀들을 얘기하

48 양심의 문제들을 이성과 기독교 원리에 따라 해결하는 신학자.

지. 배신당한 열정, 상처받은 허영심은 군말이 많기 마련이라네. 악덕, 실망, 복수는 가장 유능한 형사라네. 나처럼 내 모든 동료는 이러한 모든 것을 즐겼고, 모든 것을 싫어지도록 누렸고 이제는 오직 권력과 돈을, 그 자체를 위해서만 사랑하는 지경에 이르렀다네. 이곳에서는," 그는 가구도 없이 냉랭한 자신의 방을 손으로 가리키면서 말했지요. "다른 장소에서라면 그저 사소한 말투 때문에 당장 화를 내거나, 어떤 사소한 한마디 때문에 결투를 요구할 것 같은, 애인에게 미친 혈기 왕성한 남자가 제 두 손을 모은 채 간청한다네! 이곳에서는 가장 오만한 상인, 자신의 아름다움에 가장 우쭐해 있는 여자가, 바로 이곳에서는 가장 의기양양한 군인이 모두 극도의 증오 혹은 비관의 눈물을 흘리면서 간청하거든. 이곳에서는 가장 유명한 예술가와 자기 이름을 대대로 남길 작가가 간청하지. 그러니까 여기에는," 그는 손으로 이마를 짚으면서 말했지요. "파리 전체의 상속재산과 이해관계를 가늠하는 어떤 저울이 있지. 그래, 지금도 이 창백한 얼굴 밑에는 향락이란 것이 존재하지 않는다고 생각하나? 이 얼굴이 무표정해서 자네는 종종 꽤나 놀라곤 했었잖아." 그는 돈 냄새를 풍기는 창백한 얼굴을 나에게 내밀면서 말했습니다.

나는 어안이 벙벙해서 내 방으로 돌아왔습니다. 이 비쩍 마르고 왜소한 노인이 갑자기 커 보였던 겁니다. 그는 내 눈앞에서 황금의 힘을 구현하는 터무니없이 환상적인 인물로 변모한 것이지요. 인생 그리고 인간이라는 것이 나에게 공포감을 일으켰지요. '결국 모든 것이 돈으로 결말이 날 거라는 건가?' 나는 자문했지요. 나는 아주 늦게야 겨우 잠들었던 게 기억납니다. 내 주변에서 황금이 산더미처럼 쌓여 있는 것이 어른거리곤 했어요. 아름다운 백작부인이 나의 마음을 온통 사로잡은 상태였지요. 부끄럽지만 솔직하게 고백한다면 그 여자는 노고의 삶에 뛰어든 소박하고 순결한 아가씨의 모습을 완전히 가려버렸던 것이지요. 하지만 다음 날 아침, 잠에서 깨어난 멍한 머릿속에서 온화한 파니가 곧 나의 눈앞에 그지없이 아름다운 모습으로 떠올랐으며 나는 그녀 이외에는 그 누구도 생각하지 않게 되었지요."

"설탕물을 한잔 마시지 않겠어요?" 자작부인이 데르빌의 말을 가로막았다.

"네, 감사히 마시지요." 그는 대답했다.

"그런데 그 이야기의 어떤 점이 우리와 관계가 있는지 전혀 알 수가 없네요." 드 그랑리외 부인이 벨을 울리면서 말했다.

"사르다나팔루스[49]!" 데르빌은 자신도 모르게 저주의 말을

49 데르빌이 입버릇처럼 혼자 욕으로 하는 말로, 호사로운 방탕 생활로 일생을 보낸 고대 아시리아 왕의 이름이다. 소송대리인치고는 매우 낭만주의

내뱉으면서 소리쳤다. "이것을 얘기하면, 카미유 양도 졸음에서 깨어날 거예요. 즉 그녀의 행복은 바로 얼마 전까지만 해도 파파 곱세크의 손에 달려 있었지만, 노인이 여든아홉 살 나이로 죽었기 때문에 드 레스토 씨는 곧 굉장한 상속권을 손에 쥐게 된다는 거죠. 이 점에 관해서는 설명할 필요가 있습니다. 파니 말보에 대해서 말한다면 당신들도 이미 잘 아시는 바처럼 내 아내이지요!"

"오, 가엾어라." 드 그랑리외 자작부인은 답했다. "이분은 가령 스무 사람이 있어도 평소와 다름없는 솔직함으로 고백하실 거예요!"

"나는 온 세상을 향해서 소리칠 수도 있는데요." 소송대리인이 말했다.

"자, 여기 설탕물이 있어요. 가엾은 데르빌 씨, 어서 드세요. 당신은 남자들 중에서 가장 행복하고, 가장 선량한 분임이 틀림없어요."

"엘데르 거리의 어떤 백작부인이 사는 곳까지는 듣고 있었는데." 카미유의 외삼촌이 깜빡 졸던 머리를 들면서 큰 소리로 말했다. "그래서 어떻게 되었소?"

적인 이 언사는 바이런의 희곡 『사르다나팔루스』(1821)와 들라크루아의 그림 〈사르다나팔루스의 죽음〉(1827)의 유행에서 온 것이다.

"그 네덜란드 노인과 이야기를 나누고 며칠 후에 나는 논문 심사에 합격했습니다." 데르빌은 이야기를 계속했다. "나는 법학사 학위를 받았고 뒤이어 변호사가 되었지요. 구두쇠 노인이 나에게 보내는 신뢰는 점점 깊어졌습니다. 어떤 실무자가 보아도 이길 확률이 없다고 생각되는 성가신 사건들이라도 그가 확실한 정보들을 근거로 해서 나서면 그 건들에 관해 그에게 무료로 상담해주었지요. 이 남자에 대해서 최소한의 영향력을 가진 사람은 하나도 없을 텐데, 이런 그가 나의 조언을 일종의 존경을 표하며 들었지요. 그가 그 조언에 언제나 만족했던 것은 사실입니다. 그리고 마침내 3년 동안 일하던 법률사무소의 수석 서기로 임명된 날, 나는 그레 거리의 집을 떠나서, 식사와 주거와 월 150프랑의 수당을 제공해주는 사무소의 소장 집으로 이사했습니다. 얼마나 행복한 날이었겠습니까! 고리대금업자에게 작별 인사를 하려고 찾아갔을 때 그는 나에게 우정도 유감도 표시하지 않았고, 게다가 앞으로 자신을 보러 오라는 말도 하지 않았지요. 그는 다만 천리안의 능력을 보이는 것처럼 생각되는 독특한 시선으로 나를 가만히 바라볼 뿐이었지요. 그러나 일주일이 지나고 나의 옛 이웃이 방문을 했는데, 그는 토지 몰수에 관한 꽤 곤란한 사건을 가져왔습니다. 그는 아무렇지 않게 무료 상담을 계속했는데 마치 제대로 지불을 하고 있는 것처럼 유유히 행동하고 있었지요. 2년 차가 끝날 즈음, 1818년에서 1819년에 이르는 때인데, 노름을 좋아하고 돈 쓰기를 즐기는 소장이 사무실을 팔지 않으면 안 될 재정난에 부닥치게 되었지요. 그 당시 법률사무소는 오늘날의 매매가처럼 엄청난 값에 이르진 않았지만, 소장은 단 15만 프랑으로 자기 사무소에 대해서 손을 떼려고 했던 겁니다. 그 금액은 활동적이고 교육을 받은 머리 좋은 남자가 조금이라도 신용을 얻기만 하면, 부끄럽지 않은 생활을 하고 이자를 지불하면서 10년이면 청산할 수 있는 액수였습니다. 나로 말하면, 누아용[50] 소부르주아의 일곱 번째 아이로, 주머니에는 1오볼[51]도 없었고, 이 세상에서 파파 곱세크 이외의 자본가는 알지 못했지요. 어떤 야심에 찬 생각과 일종의 희망의 빛 같은 것이 그를 만나러 갈 용기를 내게 준 겁니다. 그래서 어느 날 저녁, 나는 천천히 그레거리 쪽을 향해서 걸어갔습니다. 낯익은 침울한 집 문을 두드렸을 때 나의 심장은 두근거렸습니다. 나는 예전에 그 구두쇠 노인이 이야기했던 것을 모두 떠올렸지요. 그런데 그것을 들을 때는 이 집 문턱을 넘어서는 사람들이 얼마나 고통스러운 불안을 체험했는가를 생각조차 못 했지요. 그러니까 나도 그 숱한

50 파리의 북동쪽에 있는 작은 마을.

51 24분의 1수에 해당하는 동전. 아주 적은 금액.

사람들과 똑같이 그에게 애원하려고 했겠지요.

'아냐, 달라.' 나는 자신에게 말했습니다. '성실한 인간은 어디서나 존엄을 지키지 않으면 안 되지. 재산은 비굴한 태도와 맞바꾸어서는 안 되는 거야. 그 사람처럼 실제적인 면을 보여주기로 하자.'

내가 집을 옮기게 되자 파파 곱세크는 이웃에 사람이 살지 않도록 내가 살던 방도 빌렸지요. 그는 또한 문 가운데에 격자로 된 작은 구멍의 철창을 만들어놓았습니다. 그 구멍으로 내 모습을 확인한 후에야 비로소 문을 열어주었지요.

"그래, 듣자니까." 그는 그 플루트 같은 작은 소리로 내게 말했지요. "자네 소장이 사무소를 판다지?"

"어떻게 아십니까? 그가 아직 나한테밖에 말하지 않은 건데요……."

노인의 입술이 벌어지더니 입가에 마치 창문의 커튼처럼 주름살이 잡히더군요. 그러나 그 무언의 미소에는 차가운 눈빛이 따르고 있었습니다.

"자네가 내 집에 오는 이유는 그것밖에 없네." 그는 잠시 말을 않고 있다가 냉담한 어조로 덧붙였는데, 그사이에 나는 어안이 벙벙했습니다.

"내 말 좀 들어주세요, 곱세크 씨." 나는 냉정한 눈으로 나를 뚫어지게 보고 있는 이 노인 앞에서 평정한 정신을 유지하면서 말을 했지만, 그 눈의 명석한 빛은 나를 곤혹스럽게 했지요. 그는 내게 '어서 말하게'라고 말하는 듯한 손짓을 해 보이더군요.

"나는 당신의 마음을 움직인다는 것이 매우 어렵다는 것을 알고 있습니다. 따라서 무일푼의 서기로 당신밖에 의지할 사람도 없고, 이 세상에 당신의 마음을 제외하고는 자신의 장래를 분명하게 알아줄 사람도 없는 그러한 한 서기의 상황이라는 것을 설명하기 위해서 장황하게 늘어놓지는 않겠습니다. 마음이라는 말은 그만두죠. 일은 실무적으로 해결하는 법이지요. 소설처럼 감정적으로 진행되는 것이 아니니까요. 사실은 이러합니다. 소장의 법률사무소에서는 2만 프랑의 연 수입이 생깁니다. 그러나 만일 내 손에 들어오면 4만 프랑은 벌게 될 거로 생각합니다. 소장은 사무소를 5만 에퀴[52]에 팔려고 합니다. 거기에서 나는," 나는 내 이마를 두드리면서 말했지요. "만약 당신이 나에게 사무소를 매수하는 데 필요한 금액을 빌려준다면 10년 안에 갚을 수 있을 겁니다."

"말 참 잘했네." 파파 곱세크는 나에게 손을 내밀고 내 손을 꽉 쥐면서 대답했지요. "내가 장사를 시작한 이래 이렇게 명확

52 19세기의 3프랑짜리 은화.

하게 자기 방문의 목적을 설명하는 사람을 한 번도 보지 못했거든. 그런데 담보는?" 그는 나를 머리에서 발끝까지 훑어보면서 말했지요. "아무런 담보물도 없지." 곱세크는 잠시 말을 멈추었다가 덧붙였습니다. "지금 몇 살인가?"

"이제 열흘 후면 만 스물다섯 살이 됩니다." 나는 대답했지요. "그게 없으면 계약을 맺을 수 없을 테지요."

"당연하지."

"그럼 어찌하시겠어요?"

"가능하네."

"그렇다면 빨리 서둘러야 해요. 그렇지 않으면 경쟁 상대가 나타날 수 있을 거예요."

"내일 아침 자네의 출생증명서를 나한테 가져오게. 그러고 나서 이 건에 관해서 얘기해보세. 생각해보겠네."

이튿날 아침 8시에 나는 노인의 집에 있었지요. 그는 공문서를 들고 안경을 쓰고 기침을 하고 가래를 뱉고 검고 긴 외투로 몸을 감싸고 나서 시청 장부의 등본을 처음부터 마지막까지 주의 깊게 읽었습니다. 그리고 그것을 이리저리 뒤집어보고 나를 쳐다보더니 다시 기침을 하고, 의자 위에서 몸을 이리저리 움직인 후에 이렇게 말했지요.

"우리가 이제부터 정리하려고 하는 것은 하나의 거래네."

나는 몸이 떨렸습니다.

"나는 보통 내 원금의 50%를 받고 있네." 그가 말했지요. "때로는 100, 200, 500%의 경우도 있지."

이 말을 듣고 나는 창백해졌습니다.

"하지만 우리는 알고 지내는 사이니까 12.5%의 이자로 해줄 수도 있겠네만……."

그는 망설였습니다.

"좋네, 그래. 자네에게는 연 13%로 만족하겠네. 그거면 되겠나?"

"좋습니다." 나는 대답했지요.

"만약 비싸다고 생각되면," 그는 되받아 말했습니다. "항변하게, 그로티우스[53]!" 그는 농담으로 나를 그로티우스라고 불렀지요. "자네한테 13%를 요구하면, 나는 내 사업을 한 게 되지. 지불할 수 있는지 생각해보게. 나는 무엇이든 좋다고 하는 인간은 좋아하지 않네. 너무 비싼 건가?"

"아니요." 나는 대답했지요. "조금만 더 노력하면 만회될 겁니다."

"아무렴!" 그는 짓궂게 나를 곁눈질로 바라보면서 말하였습

53 네덜란드의 유대인 법학자 휘호 더 흐로트Hugo de Groot(1583~1645)의 라틴어식 이름.

니다. "자네 고객들이 지불하게 되겠지."

"아니에요. 절대로!" 나는 소리쳤지요. "제가 할 거예요. 사람에게 바가지를 씌우느니 차라리 제 손을 자르는 편이 낫지요."

"그러면 이 이야기는 끝났네." 파파 곱세크가 내게 말했지요.

"그래도, 요금은 정해져 있잖습니까."

"일부 사건에 한해서는 정가라는 것이 없네." 그는 다시 말했지요. "예를 들어서 합의와 지불연기증서[54]나 조정의 경우가 그렇지. 협정비, 출장비, 계약비와 온갖 문건 작성비, 소송비로 수천 프랑을, 혹은 사건의 중요성에 따라 6천 프랑까지도 청구할 수 있네. 다만 그런 종류의 사건을 찾을 줄 알아야 하네. 나는 자네를 소송대리인 가운데 가장 유능하고 능숙한 인물로 추천할 거네. 그리고 그런 종류의 소송을 산더미만큼 자네에게 보내겠네. 그러면 자네 동료들이 부러워서 죽을 지경일 테지. 나의 동업자들, 베르브뤼스트, 팔마, 지고네[55]가 토지 몰수에 대한 사건을 넘겨줄 거네. 이러한 사건이 그들에게는 얼마든지 있지, 하느님도 알고 계시다시피! 그러면 자네에게는 두 종류의 고객이 생기게 되는 거네. 하나는 자네 사무소로 직접 찾아

54 채권자가 채무자에게 기한 연기를 동의하는 증서.

55 은행가-고리대금업자인 이 세 명의 이름은 『인간희극』에서 곱세크의 이름과 함께 자주 언급된다. 이들은 일종의 '파리 제2금융권'을 형성한다.

오는 고객이고 다른 하나는 내가 자네에게 소개해주는 고객인 거지. 내가 빌려주는 15만 프랑에 15%의 이자를 받아도 될 정도야."

"그렇게 말씀하신다면요. 그러나 더는 안 됩니다." 나는 거기서 한발도 양보하지 못하겠다는 단호한 어조로 말했습니다.

파파 곱세크는 얼굴이 풀어졌고, 나한테 만족한 것 같았습니다.

"매수금은 자네 소장에게 내가 직접 주겠네." 그는 말했습니다. "가격과 보증금에 관해서 견실한 선취특권을 내가 갖는 거로 하겠네."

"네! 담보 대신에, 얼마든지 마음 편하게 하십시오."

"그러고 나서 그 돈을 액면 1만 프랑의 무기명 백지어음 형태로 15매로 해주게."

"거래가 이중적으로 되어 있는 것이 확인만 된다면요."

"아니, 안 되네." 곱세크는 내 말을 가로막으면서 성을 냈지요. "자네가 나를 신용하는 이상으로 내가 자네를 신용하라는 건가?"

나는 침묵을 지켰습니다.

"그렇다면," 그는 선량한 어조로 계속해서 말하더군요. "내가 살아 있는 동안 내 사건은 요금을 받지 않고 해주겠지?"

"알겠습니다. 원금의 선지급이라는 것만 없다면요."

"좋네!" 그가 말했습니다. "아 참, 그런데 말이야." 노인은 말을 계속했는데, 그 얼굴은 사람 좋은 모습을 보여주려고 노력하는 것 같았지요. "자네에게 종종 찾아가도 괜찮겠나?"

"언제라도 환영합니다."

"그래! 다만 아침은 곤란하지. 자네는 일이 있고, 나에게도 할 일이 있고……."

"그럼 밤에 오십시오."

"아니, 그건 안 되네." 그는 강하게 부정하였지요. "자네는 사교계를 출입해서 고객을 만나야 하네. 나에게도 평소에 카페에서 만나는 친구들이 있네."

'친구들이라고!' 나는 속으로 생각했지요.

"그러면, 저녁 식사 시간은 어떻습니까?"

"그래, 그게 좋겠군." 곱세크는 찬성했습니다. "증권거래소가 끝난 후인 5시가 좋지. 이렇게 하지. 자네는 매주 수요일과 토요일에 나를 보는 거야. 사업에 대해서 친구들처럼 이야기하자고. 하하! 나도 때로는 명랑한 기분일 때가 있네. 메추라기 날개 한쪽과 샴페인 한 잔, 한턱내게. 그리고 우리 마음 편히 이야기하세. 나한테는 인제 와서 털어놓아도 괜찮은 흥미 있는 이야기들이 무진장 있지. 그 이야기들에서 자네는 많은 것을 배울 수 있고, 사람들, 특히 여자들을 이해하게 될 거네."

"네, 메추라기 날개와 샴페인은 알겠습니다."

"어리석은 짓을 해서는 안 되네. 잘못하면 자넨 내 신용을 잃어버릴 수 있어. 지나치게 살림살이를 차리지 말게. 나이 든 식모를 한 명 두라고. 한 명이면 충분하지. 나는 자네의 건강 상태가 어떤지를 알아보기 위해서 방문하겠네. 내가 큰 자본을 자네 머리에 투자할 거니까! 허허! 자네의 일이 어떻게 되어가는지 내가 알아야 하거든. 자, 오늘 저녁 자네 소장과 함께 오게."

"이런 것을 질문해도 실례가 안 된다면," 나는 우리가 문턱에 다다랐을 때 자그마한 노인에게 말했지요. "이 건에서 나의 세례 등본이 어떤 중요성이 있는 건지 여쭤보면 안 될까요?"

장에스테르 반 곱세크는 어깨를 으쓱하더니 짓궂게 미소 지으면서 대답했지요.

"젊은 사람은 얼마나 어리석은지! 좋네, 소송대리인 씨, 자네도 속아 넘어가는 일이 없도록 알아두어야 할 일인데, 서른 살까지의 사람이라면 그의 성실함과 재능은 아직 저당 같은 것으로 믿을 수 있네. 그러나 그 나이를 넘기면 그 사람은 더는 신용할 수 없는 거라네."

그리고 그는 문을 닫았습니다.

석 달 후에 나는 소송대리인이 되었습니다. 그리고 뒤이어, 부인, 나는 운 좋게도 당신의 부동산 반환에 관한 사건을 맡을 수 있었지요. 나는 이 소송에서 이겼고, 어느 정도의 명성을 얻게 되었지요. 곱세크에게는 막대한 이자를 지급해야만 했지만, 그런데도 5년도 채 안 돼서 채무를 완전히 청산했습니다. 나는 진심으로 사랑하게 된 파니 말보와 결혼했지요. 우리들의 운명, 일과 성공이 유사했기 때문에 서로의 마음이 점점 더 합쳐진 거지요. 부자가 된 농장주인 그녀의 숙부가 그녀에게 7만 프랑의 재산을 남기고 사망했는데, 그것이 빚의 청산을 도와준 겁니다. 그때부터 내 인생에는 행복과 번영밖에 없었지요. 그러니까 이제 나에 관한 이야기는 그만두지요. 행복한 남자처럼 참을 수 없는 주제도 없는 법이니까요. 내 이야기의 주인공들한테 돌아갑시다. 사무소를 인수하고 1년 후 어느 날, 나는 거의 강제로 어느 독신자의 오찬회에 끌려갔었지요. 그 회식은 내 친구 하나가 당시 상류사회의 총아였던 어떤 젊은이와의 내기에서 진 결과로 베풀게 된 겁니다. 드 트라유 씨[56]는 당시 댄디즘의 꽃으로 대단한 평판이 나 있었는데……."

"아니, 지금도 평판이 나 있지." 드 보른 백작이 소송대리인

56 막심 드 트라유 백작은 『인간희극』의 수많은 작품에 등장하는 단골 등장인물 가운데 악인의 유형에 속한다.

의 말을 중간에서 끊으면서 말했다. "그자만큼 야회복을 멋지게 차려입는 남자는 없고, 탕뎀[57] 마차를 기막히게 모는 남자도 없지. 막심은 이 세상의 어느 누구보다도 우아하게 놀거나, 먹거나, 술을 마시거나 하는 재능을 가지고 있지. 말에 대해서도, 모자에 대해서도, 그림에 대해서도 조예가 깊어. 여자라는 여자는 모두 그를 보면 환장할 지경이었으니까. 늘 연간 대략 10만 프랑은 쓸 텐데, 그에게 토지 하나 혹은 연금 배당권 한 장 있다는 소문도 들리지 않지. 막심 드 트라유 백작은 곳곳의 살롱과 규방과 대로의 방랑하는 기사라고 불린 유형으로, 남성 같은 데도 여성 같은 데도 있는 양성 동물을 닮은 아주 기묘한 인물이지. 아무거라도 할 수 있을 텐데 막상 아무런 역할도 하지 않고, 남한테 공포를 느끼게 하지만 한편 남들한테서 멸시를 받는 작자이며, 모든 걸 아는 것 같은데 아무것도 모르고, 선행을 베푸는 것도 가능하다면 범죄를 계획하는 것도 가능하고, 비열한 적도 있으면 고상한 적도 있고, 피투성이가 되기보다는 오히려 흙투성이가 되며, 양심의 가책보다는 쓸데없는 근심이 많고, 뭔가를 생각하기보다는 먹을 걸 잘 소화하는 데 전념하고, 정열을 가장하면서 그 아무것도 느끼지도 못하는 인

57 일렬로 나란히 맨 두 필의 말이 끄는 카브리올레.

간이지. 막심 드 트라유는 감옥과 상류사회를 연결해줄 빛나는 연결 고리네. 때로는 미라보, 피트, 리슐리외[58]로 불렸던 사람들이 태어나는 그 뛰어나게 지적인 계층에 속해 있는 남자이지만, 그 계층에서 대체로 배출된 것은 드 호른 백작, 푸키에탱빌, 쿠아냐르[59]로 불렸던 사람들이지."

"그런데요." 데르빌은 자작부인 오빠의 이야기를 듣고 나서 말을 계속했다. "나는 고객 중 한 분이었던 그 불쌍한 고리오 영감으로부터 그 인물에 대해서 많이 들었지요. 그와는 사교계에서 가끔 만났지만, 아는 사이가 된다는 위험한 영예를 피한 적은 이미 여러 번 있었고요. 그런데 바로 내 친구가 자기의 오찬회에 와달라고 얼마나 열심히 청하는지 거절할 수가 없었지요. 안 가면 점잔 빼고 있다고 비난받을 처지였으니까요. 독신자의 오찬회라는 것이 어떤 것인지 부인께서는 상상도 못 할 겁니다. 온통 보기 드문 호화로움과 세련됨에 다름이 없고, 구두쇠가 허영심에 사로잡혀 하루만 사치를 부리겠다는 느낌이었지요. 안으로 들어서면서 놀란 것은 은식기와 크리스털과 다마스쿠스식으로 짜인 리넨류로 눈부신 식탁의 질서정연한 상태

58 뛰어난 정치가들.

59 능수능란한 모험가 기질이 있었지만 불성실하거나 범죄를 저질렀던 사람들.

였지요. 인생의 꽃이라고 해야 할 모습이 거기에 있었습니다. 젊은이들은 우아했고, 서로 미소를 짓고 조용조용히 이야기하는 것이 마치 혼례식을 하는 신랑들 같았지요. 그들의 주위는 어디나 순결하지요. 그런데 두 시간이 지나니까, 마치 격전 후의 전장 같았습니다. 사방에 깨진 술잔 조각들과 넝마가 된 구겨진 냅킨들, 요리 접시 위에는 보기만 해도 구역질 나는 먹고 남은 찌꺼기들, 그리고 고함, 폭소, 조롱 섞인 축배, 풍자시와 파렴치한 말투들의 교환, 붉어진 얼굴들, 무의미하게 빛나는 눈동자, 부지불식간에 모든 것을 말하는 고백, 소란스럽기가 그야말로 정신이 나갈 지경이었지요. 한 사람은 술병을 깨고 다른 사람은 노래를 부르고 또 다른 사람은 격투하자고 하고 또 어떤 사람들은 서로 포옹하는가 하면 또 어떤 사람들은 서로 싸움질을 하겠지요. 방 안에는 백 가지 냄새가 혼합되어서 메스꺼운 공기가 떠돌고 마치 뱃사람이 함께 서로 소리 지르는 듯한 소음이 들렸지요. 아무도 자기가 무엇을 먹고 있는지 무엇을 마시고 있는지 또 무슨 말을 하는지 이제는 느끼지 못했습니다. 한 사람은 침울하게 앉아 있고 다른 사람들은 쉴 새 없이 떠벌렸지요. 누구는 편집광이어서 마치 흔들리는 종소리처럼 같은 말을 몇 번씩 반복하지요. 어떤 사람들은 이 혼란 상태를 수습하려고 애쓰고 있지요. 제일 머리가 돌아가는 사람은 카페로 갈 것을 제안했고요. 만약 이 시각에 여기로 술에 취하지 않은 사람이 들어섰다면 그는 아마 바쿠스의 축제에 들어왔다고 생각했을 겁니다.

드 트라유 씨가 나의 호의를 사려고 시도했던 것은 바로 이러한 해괴망측한 분위기 속에서입니다. 나는 아직 제정신이 있어서 경각심을 높이고 있었지요. 반면에 그는 취한 척했지만, 사실은 정신이 매우 말짱했고 오직 자기 일에 대해서만 생각하고 있었던 겁니다. 그러나 일부러 형편없이 취한 척하고 있었습니다. 어떻게 되어서 그렇게 되었는지 모르겠지만, 저녁 9시쯤에 그리뇽[60] 홀에서 나올 때는 나는 완전히 그의 마법에 걸렸고, 그를 다음 날 아침에 파파 곱세크 영감에게 데려가겠다고 약속했지요. 이 웅변가 드 트라유는 그야말로 마술적인 교활함으로 나를 자기가 하는 이야기의 세계로 유인할 수 있었는데 그는 자주 '영광', '미덕', '백작부인', '점잖은 여자', '불행', '절망' 등의 단어들을 교묘하게 이용하였지요. 다음 날 아침에 일어났을 때 나는 지난밤에 떠벌린 것을 회상하려고 애썼으며 겨우 생각을 가다듬을 수 있었지요. 요컨대 내 어느 고객의 딸이 오전 중으로 5만 프랑을 구하지 못할 경우, 자기의 명예, 남편

60 당시 파리에 있었던 레스토랑.

의 존경과 사랑을 잃게 될 위험에 처했던 것 같았지요. 카드놀이 빚, 마차 청구서들, 그 외에도 이리저리 잃은 돈 등이 있었던 것이지요. 나의 위풍당당한 회식자는 그 부인이 상당한 부자라는 것과 몇 년 동안만 절약하면 자기 재산의 빈 부분을 메꿀 수 있다는 것을 나에게 강조했지요. 그때야 비로소 나는 그 친구가 어째서 나를 그렇게도 집요하게 자기 집으로 청했는지를 깨닫기 시작했습니다.

그러나 부끄러운 일이지만 그 당시 나는 파파 곱세크가 이 댄디와의 화해에 매우 흥미를 느끼고 있으리라는 것을 생각조차 할 수 없었습니다. 내가 잠자리에서 일어나자 드 트라유 씨가 들어왔지요.

"백작." 나는 의례적인 인사를 교환한 다음에 말했지요. "반곱세크 집에 가는데 어째서 나와 함께 갈 필요가 있는 건지 모르겠습니다. 그는 모든 자본가 중에서 가장 정중하고 무해한 인물인데요. 물론 그는 만약 자기에게 돈이 있다면, 더 정확히 말해서 당신이 충분한 담보를 제시한다면, 당신에게 대부해줄 겁니다."

"선생." 그가 내게 대답하였지요. "무리하게 요구할 생각은 조금도 없습니다. 비록 당신이 어제 그런 약속을 했을지라도."

'사르다나팔루스!' 나는 마음속으로 소리쳤지요. '정말 내가

이 사람에게 약속을 지킬 줄 모른다는 것을 생각할 기회를 주어야 한단 말인가?'

"어제 말씀드린 것처럼, 나는 파파 곱세크와 예전에 공연한 일을 가지고 다투고 말았던 겁니다." 드 트라유 씨는 말하였지요. "그런데 파리 전체에는 한꺼번에, 그것도 말일이 끝난 월초에 10만 프랑 정도를 내어줄 만한 자본가는 그 이외에는 없습니다. 바로 그래서 당신께 부탁해 내가 그자와 화해하고 싶다고 생각한 건데, 이 이야기에 대해서는 더 말하지 맙시다……."

드 트라유 씨는 점잖으면서도 무례한 조소를 띤 얼굴로 나를 바라보고는 나가려고 했지요.

"내가 당신을 데려가겠습니다." 나는 말했지요.

우리가 그레 거리에 도착했을 때 그 댄디가 얼마나 이상스럽게 긴장한 표정으로 주위를 살피는지 그리고 그의 시선이 얼마나 불안스럽게 번쩍이는지 나는 깜짝 놀랐습니다. 그의 얼굴은 창백해지기도 하고 붉어지기도 하다가 노랗게 되기도 했지요. 그리고 곱세크의 집 현관을 보자 그의 이마에는 땀방울이 돋아났습니다. 우리가 카브리올레 마차에서 내렸을 때 그레 거리에 삯마차가 한 대 나타났습니다. 그 젊은이는 매의 눈초리로 그 마차 속에 앉은 한 여인의 모습을 즉시 알아보았는데 그 순간 그의 얼굴에는 거의 야생적인 기쁨이 어려 있었지요. 그는 옆을 지나가는 소년을 불러서 자기 말을 잡고 있으라고 했습니다. 우리는 계단을 올라가서 어음할인을 하는 노인을 찾아 들어갔습니다.

"곱세크 씨." 내가 그에게 말을 했습니다. "나의 가장 친한 친구 한 명을 데려왔습니다(라고 말하면서 나는 노인의 귀에 대고 "내가 악마만큼이나 경계하고 있는 자예요"라고 덧붙였습니다). 제가 부탁하는 만큼 당신이 그를 잘 돌보아주실 것(정상적인 이자를 붙여서)과 그를 궁지에서 구출해주실 것을 바라는 바입니다(만일 괜찮으시다면요)."

드 트라유 씨는 고리대금업자에게 공손히 인사를 하고 자리에 앉았습니다. 그리고 그의 말을 들으려고 공손한 신하의 자세를 취했는데, 그 우아한 비굴함은 당신들도 매혹시킬 만한 태도였습니다. 그러나 나의 곱세크는 엄격한 표정을 하고 벽난로 옆에 있는 안락의자에 앉아서 여전히 냉정하게 몸을 움직이지 않았습니다. 곱세크는 프랑세즈 극장의 회랑 아래에서 밤에 보이는 볼테르의 동상과 흡사했지요. 그는 인사하려는 것처럼 늘 자기 머리에 쓰고 있는 다 낡은 모자를 약간 들었습니다. 그때 살짝 드러난 황색의 두개골 때문에 그 동상과 더욱 흡사해졌지요.

"나는 단골에게만 빌려주고 있습니다." 그가 말했지요.

"당신은 내가 당신이 아닌 다른 곳에 가서 파산한 것을 화내고 계시는군요?" 백작이 웃으면서 말했습니다.

"파산이라고요?" 곱세크는 빈정거리는 투로 되물었습니다.

"한 푼도 없는 사람을 파산시킬 수는 없다는 사실을 말하려는 겁니까? 그러나 파리에서 나만큼 잘생긴 자본을 가진 사람을 어디 찾아보십시오." 이 유행을 따르는 남자는 소리쳤습니다. 그리고 일어서서 발뒤축으로 빙 돌았습니다. 어느 정도 진지해 보이는 이 우스꽝스러운 행동은 곱세크의 마음을 움직일 만한 힘을 갖고 있지 못했지요.

"나는 롱크롤, 드 마르세, 프랑슈시니, 방드네스 두 형제, 아쥐다팽토[61]와 같은, 한마디로 말해서 파리에서 가장 잘나가는 모든 젊은이와 절친한 친구가 아닌가요? 나는 왕족과 당신도 알고 있는 대사와 한편이 되어 카드놀이를 하는 사이입니다. 나는 런던에서, 칼즈배드에서, 바덴에서, 바스[62]에서 수입을 벌어들이지요. 가장 화려한 사업이 아닌가요?"

"사실이지요."

"당신은 날 스펀지로 생각하는군요, 제기랄! 나를 사교계에서 부풀도록 부추겨서 내가 위기에 처할 때는 나를 짜내는 거

61 『인간희극』의 다른 작품에 등장하는 인물들로 모두 댄디이다.

62 칼즈배드, 바덴, 바스는 온천도시로 도박장을 갖추고 있다.

지요? 그러나 당신도 똑같이 스펀지예요. 조만간 죽음이 당신을 쥐어짤 겁니다."

"가능하지요."

"만약 낭비하는 사람이 없다면 당신이 어떻게 되겠어요? 우리 둘은 서로 영혼과 육체와 같은 관계입니다."

"맞는 말이에요."

"자, 악수합시다, 나의 오랜 친구 파파 곱세크. 그리고 만약에 그게 사실이고 정당하며 가능하다면 관대함을 보여주세요."

"당신이 나한테 찾아왔지요." 고리대금업자는 냉정하게 대답했습니다. "왜냐하면 지라르, 팔마, 베르브뤼스트, 지고네가 당신의 어음들로 배가 가득 차서, 사방에서 50% 할인의 손해를 보면서 팔고 있으니까요. 그런데 그들은 분명 액면가의 절반만을 지급했을 테니까, 당신의 어음은 25%도 평가받지 못할 거란 말입니다. 괜찮다고요! 상식적으로 내가 할 수 있겠습니까?" 곱세크가 계속해서 말했습니다. "3만 프랑을 빚지고도 마지막 한 푼도 가지고 있지 않은 한 남자에게 단지 소액이라도 빌려주는 걸 말이에요? 당신은 엊그제 뉘싱겐 남작[63] 집에서 열린 무도회에서 1만 프랑을 잃었습니다."

63 드 레스토 부인의 여동생인 델핀 고리오의 남편.

"여봐요." 백작은 극도로 파렴치한 눈초리로 상대방을 노려보면서 대답했습니다. "내 문제는 당신이 관여할 문제가 아닐 텐데요. 기한이 되기까지는 빚이 없는 것과 마찬가지입니다."

"그렇지요!"

"내 어음은 지불될 겁니다."

"가능하지요!"

"지금 우리 사이의 문제는 내가 당신으로부터 빌릴 금액에 대한 충분한 담보를 당신한테 내놓을 수 있는지로 좁혀지는 것입니다."

"옳아요."

삯마차가 집 현관에 서면서 내는 소리가 방 안에 들려왔습니다.

"내가 분명 당신을 만족시킬 만한 뭔가를 가져오겠소." 젊은이가 소리쳤습니다.

"오, 내 아들!" 돈을 빌리는 사람의 모습이 보이지 않게 되자 곱세크는 자리에서 일어나서 내 쪽으로 양팔을 뻗치면서 소리쳤습니다. "만약 저자가 확실한 저당물을 가지고 있다면 자네는 나의 생명을 구해주는 셈이네! 그렇지 않으면 내겐 죽음이었을 거야. 베르브뤼스트와 지고네는 내게 장난을 쳤다고 생각하겠지. 그러나 자네 덕택에 나는 오늘 저녁 그들을 놀려줄 수 있게 되었네."

이 노인의 기쁨에는 그 어떤 무시무시한 것이 있었지요. 그가 내 앞에서 그렇게 자신의 감정을 드러낸 것은 단 한 번뿐이었습니다. 비록 그 기쁨의 시간이 순간이었다고는 하지만 그것은 내 기억에서 영원히 사라지지 않습니다.

"부탁하는데 여기에 좀 남아 있어주겠나." 곱세크는 덧붙여 말했습니다. "나는 예전에 호랑이 사냥을 다닌 적도 있고 또 배의 상갑판에서 승리하지 못하면 죽는 승부를 한 적도 있는 사람이지. 비록 무기도 준비하고 있고, 또 백발백중할 수 있다고 확신하지만, 나는 저 고상한 척하는 악당을 신용하지 않네."

그는 책상에 다가가더니 안락의자에 앉았습니다. 그의 얼굴은 다시 창백해지고 침착해졌습니다.

"어허!" 그는 나에게 얼굴을 돌리고 말했습니다. "자네는 내가 예전에 자네에게 말한 적이 있는 그 미인을 이제 분명히 보게 될 거네. 복도에서 귀족풍의 발소리가 들리는군."

실제로 젊은 남자는 부인의 손을 잡고 돌아왔는데, 나는 고리오 영감의 두 딸 중 한 사람을 알아보았지요. 곱세크의 이야기대로 그가 예전에 내게 용모를 묘사했던 바로 그 백작부인이었습니다. 그 여자는 처음에 나를 보지 못했는데, 나는 창틀 옆에서 유리창 쪽으로 얼굴을 돌리고 서 있었지요. 고리대금업자의 눅눅하고 어두운 방으로 들어오면서 그녀는 막심에게 의심의 눈초리를 던졌습니다. 그녀가 얼마나 아름다웠는지 나는 그녀의 잘못에도 불구하고 그녀를 동정하였습니다. 그녀의 마음은 어떤 끔찍한 고통으로 인해서 어쩔 줄 몰라 했고, 기품 있고 오만한 표정은 경련을 일으키고 고통을 잘 감추지 못하는 빛을 띠었지요. 그 젊은 남자가 그 여자에게 악령 같은 것이 되었던 겁니다. 나는 곱세크한테 탄복했지요. 그는 벌써 4년 전에 최초의 어음 한 장으로 이 두 존재의 운명을 알아차렸던 겁니다.

'분명해.' 난 혼잣말을 했지요. '천사의 얼굴을 한 이 괴물은 허영심, 질투, 쾌락, 사교계의 유혹이라는 가능한 모든 충동을 이용해서 저 여자를 지배하는 것이다.'"

"그렇지만요." 그때 자작부인이 소리를 높였다. "그 남자에게는 그 부인의 미덕 그 자체가 무기였던 거예요. 그는 그 여자에게 충성을 맹세하는 눈물을 흘리게 하고, 우리 여자들에게 천성적인 관대함을 유발할 줄 알았지요. 그래서 그는 그녀의 애정을 악용해서 사악한 쾌락을 아주 비싸게 팔았던 겁니다."

"솔직히 말하자면," 데르빌은 드 그랑리외 부인이 그에게 보내는 신호를 눈치채지 못하고 말했다. "나는 세간의 눈에는 그렇게 화려해 보여도, 그 마음을 잘 아는 사람들에게는 정말 끔찍한 그 불행한 여자의 운명을 슬퍼하는 건 아니에요. 나는 그녀의 살인자, 이마는 그토록 순수하고, 입은 그렇게나 생기 있고, 미소는 너무나 우아하고, 치아는 너무나 하얘서 천사를 닮은 그 젊은 남자를 바라보면서 공포에 떨었습니다. 그들은 그때 둘이 함께 그들의 재판관 앞에 있었는데, 그 재판관은 마치 16세기의 연로한 도미니크회 수도승이 종교재판소의 지하실 구석에서 두 명의 무어인의 고문을 감시하고 있는 것처럼 그들을 살펴보고 있었습니다.

"여기 이 다이아몬드의 제 가격을 받을 방법이 있을까요? 그렇지만 이것들을 도로 살 수 있는 권리를 내게 보존한다는 조건에서요." 그녀가 보석함을 그에게 내놓으면서 떨리는 목소리로 말했습니다.

"네, 부인." 나는 그곳에 모습을 드러내면서 참견해서 대답했지요.

그녀가 나를 쳐다보고 알아보았고, 소스라치게 떨었지요. 그리고 어느 나라에서나 통하는 입 다무세요! 하는 눈짓을 내게 던졌습니다.

"그것은," 나는 계속해서 말했습니다. "우리 법률가들 사이에서는 차후 구매 권리를 보유한 조건 매매라고 합니다. 그리고 그것은 동산 혹은 부동산의 재산을 어떤 일정 기간 양도하고, 그 기한이 지나면 이전 소유자가 정해진 금액을 지불하고 문제의 물건의 소유권을 회복하는 것이 가능하다는 협약입니다."

그녀의 숨소리가 전보다 편안해졌습니다. 막심 백작은 눈썹을 찌푸렸는데, 이와 같은 계약에서 고리대금업자가 그렇지 않아도 가치가 하락하는 다이아몬드에 가격을 낮게 매길 것으로 생각했기 때문입니다. 곱세크는 아무런 미동도 하지 않은 채 돋보기를 가지고 보석함을 조용히 들여다보기 시작했습니다. 나는 설령 백 살을 산다고 할지라도 그때 그의 표정이 자아냈던 광경을 잊을 수가 없을 겁니다. 그의 창백한 얼굴은 붉어졌고 눈은 마치 보석들의 광채가 반사된 듯이 그 어떤 초자연적인 빛으로 번쩍이고 있었습니다. 그는 자리에서 일어나 창가로 다가가더니 보석들을 살펴보면서 그것들을 삼켜버리기라도 할 듯이 이빨이 없는 입가로 가까이 가져갔습니다. 그는 두서없이 중얼거리고 팔찌, 귀걸이, 목걸이, 왕관 모양의 장식품을 차례대로 끄집어내서는 그것들을 이리저리 돌려보면서 그 투명도와 흰 광채, 컷을 살피는 것이었어요. 그는 보석함에서 그것들을 끄집어냈다가는 다시 차근차근 집어넣고 또 꺼내서는 그것으로 온갖 색채가 나타나도록 이리저리 반짝이게 하고 있었는데, 그 모습은 노인이라기보다는 오히려 아이와도 같았지요. 아니, 정확하게 말해서 아이와 노인을 합친 듯한 느낌이었지요.

"멋진 다이아몬드야! 혁명 전에는 30만 프랑은 했을 거요! 아주 투명한 물건이거든! 틀림없이 골콘다 혹은 비자푸르[64]에서 가져온 진품의 아시아 다이아몬드이지요. 하기야 당신이 이 물건들의 값을 알기나 하겠소? 아니! 파리 전체에서 오직 곱세크만이 이것들을 평가할 줄 알지요. 제정 시기에는 이와 유사한 장식품들에 대한 주문을 위해서만 20만 프랑 이상이 요구됐을 겁니다."

그는 유감스럽다는 듯한 손짓을 하고는 덧붙여서 말했지요.

"그런데 이제는 다이아몬드값이 떨어지거든요. 매일 떨어진단 말이오! 평화조약[65] 이래 브라질로부터 다이아몬드가 대량으로 들어와서 인도산보다는 그 투명도가 떨어지는 다이아몬드가 시장에 넘쳐나고 있지요. 부인들은 이제는 궁정에서만 다이아몬드를 착용하고 있을 뿐이고. 부인도 궁정에 드나듭니까?"

이런 끔찍한 말을 하면서도 그는 형언하기 어려운 기쁨을 가지고 보석들을 하나씩 바라보는 것이었습니다.

"흠이 하나도 없군!" 그가 말했지요. "여기 흠이 하나 있군. 여기에는 금이 갔고. 훌륭한 다이아몬드야."

64 술탄들의 보물고로 알려진 인도의 도시들. 발자크는 『결혼생리학』에서 인도의 두 도시에서 온 다이아몬드에 대해 묘사했다.

65 1815년 파리 평화조약.

T.MISIER. Sc.

그의 창백한 얼굴은 보석들의 광채에 너무나 잘 반사되었기 때문에, 나는 그 얼굴을 지방 여인숙에서 볼 수 있는 초록빛이 도는 오래된 거울들과 비교하게 되었지요. 광선을 빨아만 들이고 반사하질 못하는 거울, 대담하게도 거기에 자기 얼굴을 비추는 여행객에게 중풍에 걸린 사람의 얼굴을 보여주는 그런 거울 말입니다.

"그래서요?" 백작은 곱세크의 어깨를 두드리면서 말했습니다. 그 연로한 아이는 몸을 떨었지요. 그는 자기 장난감에서 벗어나, 그것을 책상 위에 놓았지요. 그리고 앉더니 대리석처럼 엄격하고 냉랭하며 정중한 고리대금업자로 되돌아갔습니다.

"얼마가 필요한가요?"

"3년 기한에 10만 프랑." 백작이 말했습니다.

"가능합니다!" 곱세크는 마호가니 상자에서 더할 나위 없이 정확한 저울을 꺼내면서 말했습니다. 그것은 그의 보석 상자였지요! 그는 대충 눈짐작으로(얼마나 능숙한지는 하느님이 아시겠지요!) 저울대의 무게를 조정하면서 보석들의 무게를 달았습니다. 이 일을 진행하는 동안에 어음할인 중개인의 얼굴은 기쁨과 또 엄격함 사이에서 싸우고 있었습니다. 백작부인은 그런 경우 그럴 만하다고 생각되는 망연자실의 상태에 빠진 것이 분명했고, 자기가 떨어질 낭떠러지의 깊이를 재는 것처럼 생각되었습니다. 여자의 그 마음속에는 아직 양심의 가책이 있었습니다. 저 여자를 구원하기 위해서 조금만 노력을 하면, 단지 동정의 손길을 내밀기만 하면 충분하겠지 싶었고, 나는 그걸 시도했습니다.

"이 다이아몬드들이 당신 것인가요, 부인?" 내가 분명한 목소리로 물었습니다.

"네, 그래요." 거만한 시선을 내게 던지면서 그녀가 답했습니다.

"말이 많구먼. 환매계약서를 작성하게!" 곱세크가 책상에서 일어나서 내게 그 자리를 가리키면서 말했습니다.

"부인은 아마도 결혼했을 테지요?" 내가 다시 물었습니다. 그녀는 빠르게 머리를 끄덕였습니다.

"난 문서 작성을 하지 않겠습니다." 내가 외쳤습니다.

"그건 왜?" 곱세크가 말했습니다.

"왜냐고요?" 나는 말하고, 낮은 목소리로 말하려고 노인을 창문 구석으로 데려갔습니다. "이 부인은 남편의 권리 아래에 있으므로 환매계약은 무효가 될 겁니다.[66] 그러면 당신이 그 문서 자체에 의해서 확인되는 사실을 몰랐다고 주장하는 것은 가

66 19세기에 아내는 남편의 법적인 권리 아래에 있었으므로, 남편의 허락이 없는 계약은 금지되었다.

능치 않을 거고요. 당신은 당신에게 맡겨진 다이아몬드들을 제출할 의무를 지게 될 것입니다. 왜냐하면 문서에는 그 물건들의 무게, 가격, 품질이 기록될 테니까요."

곱세크는 머리를 끄덕이면서 내 말을 끊더니 두 범인 쪽으로 몸을 돌렸습니다.

"그의 말이 옳아요." 그가 말했습니다. "모든 게 바뀌었습니다. 현금 8만 프랑. 그리고 당신들은 내게 다이아몬드들을 남겨둡니다!" 그는 잘 울리지 않는 플루트 같은 소리로 덧붙였습니다. "동산의 경우, 소유하고 있는 사람이 곧 소유자라는 것이거든요."

"그렇지만." 젊은 남자가 항변했습니다.

"도로 가져가시든지 아니면 놓고 가시든지요." 곱세크는 백작부인에게 보석함을 도로 주면서 말을 되받았습니다. "무릅쓰기에는 위험이 너무 커요."

"당신 남편의 발밑에 한번 엎드리는 편이 더 나을 겁니다." 나는 그녀 쪽으로 몸을 기울이면서 귀엣말로 속삭였습니다. 고리대금업자는 내가 무슨 말을 했는지를 내 입술을 보고 알아차리자 나에게 차가운 눈길을 던졌습니다. 젊은 남자의 얼굴이 창백해졌습니다. 백작부인이 동요하는 게 분명했습니다. 백작이 그녀한테 다가갔고, 아주 조용히 말했는데도, 나는 알아들었습니다. "친애하는 아나스타지, 안녕히, 부디 행복하시길! 난 말이오, 내일이면 더 이상의 걱정이 없게 될 거요."

"저기요." 그 젊은 여자가 곱세크에게 돌아서면서 소리쳤습니다. "당신의 제안들을 수락하겠어요."

"그럼 좋습니다!" 노인이 대답했습니다. "부인, 당신은 꽤 고집이 센 분이군요."

그는 5만 프랑의 은행 수표에 서명하고, 그것을 백작부인에게 주었습니다.

"이번에는," 그는 볼테르의 미소와 상당히 비슷한 미소를 지으면서 계속하였지요. "나머지 금액은, 3만 프랑의 환어음으로 보충하는 것으로 하겠어요. 이 어음의 정당성에 대해서 내게 이의 제기를 할 사람은 없을 겁니다. 이것은 언제라도 현금화가 가능한 어음이에요. 내 어음은 지불될 겁니다라고 드 트라유 백작은 조금 전에 내게 말했지요." 곱세크는 덧붙여 말하고, 백작이 발행한 어음을 백작부인에게 내주었는데, 그것은 전날 곱세크의 한 동업자에게 지불을 거절당한 것이었으며, 아마 헐값에 곱세크에게 팔린 것이 틀림없었습니다.

젊은 남자는 화가 나서 소리를 쳤는데, 그 가운데 "늙은 악당 같으니라고!"라는 말이 가장 잘 들렸습니다. 파파 곱세크는 눈썹 하나 까딱하지 않았지요. 그는 서류함에서 권총 두 자루를 꺼내고는 냉정하게 말했습니다.

"모욕당한 자의 자격으로 내가 첫 번째 사격을 할 것이오."

"막심, 당신이 이분께 사과해야 해요." 떨고 있는 백작부인이 부드럽게 소리쳤습니다.

"당신을 모욕할 생각은 없었어요." 젊은 남자가 더듬거리면서 말했습니다.

"그 점은 잘 알고 있어요." 곱세크는 차분하게 말했습니다. "당신은 그저 당신이 발행한 어음들을 지불하지 않을 생각만 했지요."

백작부인이 일어나서 인사를 하고는 분명 깊은 공포에 질린 채 사라졌습니다. 드 트라유 씨는 그녀를 뒤따라 나가려고 했습니다. 그런데 나가기 전에 그가 말했습니다. "당신들한테서 비밀이 한마디라도 누설된다면, 내가 당신 피를 보든가 아니면 당신이 내 피를 보게 될 겁니다."

"아멘." 곱세크는 권총들을 꽉 쥐면서 그에게 대답했습니다. "자기 피를 걸려고 하면 피가 필요한데, 여보게, 자네의 혈관 속에는 흙탕물만 있단 말이야."

문이 닫히고 두 대의 마차가 떠나고 나자, 곱세크는 자리에서 일어나서 "내게 다이아몬드가 생겼어! 내게 다이아몬드가 생긴 거야! 기막힌 다이아몬드들, 오, 다이아몬드들이여! 게다가 값싸게! 아! 아! 베르브뤼스트와 지고네, 자네들은 늙은 파파 곱세크를 속였다고 믿고 있었지! 에고 숨 파파Ego sum papa[67]! 나는 너희들 모두의 주인이다! 전액을 모두 다 받아냈지! 오늘 밤, 두 번의 도미노 게임 사이에 이 사건을 이야기하면, 그들은 정말 바보처럼 보일 거야!"라고 말했습니다.

흰색의 돌 몇 개를 손에 넣고 흥분된 이 음험한 기쁨, 야만인 같은 잔인함은 나를 깜짝 놀라게 했습니다. 나는 아무 말도 하지 못하고 멍하니 있었습니다.

"아 참, 자네가 거기 있었지." 그가 말했습니다. "내가 그만 깜박 잊었었군. 우리 함께 점심을 먹자고. 자네 집에 가서 즐기세. 알다시피 나는 살림을 하지 않으니까. 그리고 저 식당 주인들 모두는 수프와 소스를 친 음식과 술을 함께 내놓는데, 형편없을 거야."

내 표정을 보자 그는 곧 냉정하고 무정한 태도로 되돌아갔습니다.

"이 기분을 자네는 모를 거야" 하고 말하면서 그는 벽난로 옆에 앉았고, 우유가 가득 들어 있는 작은 양철 냄비를 화로 위에 올려놓았습니다. "나하고 점심을 먹지 않으려나?" 그가 물

67 라틴어로 '나는 교황이다'라는 의미이다. '파파'는 곱세크를 부르는 호칭이기도 하지만 라틴어로 '교황'도 의미하므로, 일종의 말놀이다.

었습니다. "아마 두 사람이 먹기에 충분할걸."

"고맙습니다." 나는 대답하였지요. "하지만 점심 식사는 12시에 하고 있으니까요."

이때 복도에서 급한 발소리가 들렸습니다. 갑작스레 찾아온 누군가가 곱세크네 복도에 멈추더니 문을 화난 듯이 꽝꽝 두드렸습니다. 고리대금업자는 문 쪽으로 걸어가더니 작은 구멍으로 누가 왔는지를 확인하고 나서 문을 열어주었지요. 서른다섯 살가량 되는 웬 남자가 들어왔는데, 그의 격앙된 모습에도 불구하고 아마 곱세크에겐 해를 끼치지 않을 사람으로 보였던 모양입니다. 갑작스레 찾아온 그 인물은 간소한 옷차림을 하고 있었고, 죽은 리슐리외 공작과 닮은 데가 있었습니다. 그는 아마 당신들도 상류사회에서 만난 적이 있었을 바로 그 백작이었습니다. 제게 이런 표현을 허락해주신다면, 그는 당신네 포부르[68]의 정치가처럼 귀족적인 모습의 인물이었지요. 그는 침착함을 되찾은 곱세크 쪽으로 몸을 돌리며 말하였지요.

"내 아내가 방금 여기에서 나갔나요?"

"그럴 수도 있겠지요."

"아니, 내가 하는 말을 이해 못 합니까?"

68 포부르 생제르맹.

"공교롭게도 나는 당신 부인을 알지 못하니까요." 고리대금업자가 대답했습니다. "오늘 아침에 많은 사람이 왔다 갔습니다. 남자들과 여자들, 청년처럼 보이는 아가씨들, 아가씨들처럼 보이는 청년들이 말입니다. 그러니까 내게는 참으로 어려운 것이지요. 그 ……."

"농담은 그만하시고! 나는 방금 당신 집에서 나간 부인에 대해서 말하는 겁니다."

"그 부인이 당신 아내라는 것을 내가 어떻게 압니까?" 고리대금업자가 말했습니다. "지금까지 나는 당신을 만난 적이 없는데요."

"그건 거짓말입니다, 곱세크 씨." 백작은 심한 야유조로 말했습니다. "우리는 언젠가 아침에 내 아내의 방에서 만난 적이 있지요. 당신은 내 아내가 발행한 어음의 돈을 받으러 왔었고요. 아내가 돈을 빌린 적도 없는 어음이었지요."

"그녀가 어떻게 해서 그 금액을 떠맡게 되었는지를 파고드는 것은 내 일이 아니란 말입니다." 곱세크는 파렴치한 시선을 백작에게 던지면서 반박하였지요. "나는 그 부인의 어음을 동업자들 가운데 한 사람한테서 할인해서 매입한 겁니다. 더군다나," 자본가는 흥분하지도 않고 목소리도 전혀 서두르는 기색 없이 우유 사발에 커피를 쏟아부으면서 말했습니다. "잠깐 말씀을 드려도 괜찮겠지요. 당신이 내 집에서 나에게 훈시를 하실 권리가 있는 건지 나로서는 납득이 안 됩니다. 내가 성년이 된 연도는 지난 세기 61년이지요."

"당신은 내 아내의 것이 아닌 가문의 다이아몬드를 아주 싼 값에 샀지요."[69]

"내 장사의 비밀을 당신에게 밝힐 의무는 없지만, 이것은 말씀드리죠, 백작님. 만일 당신의 다이아몬드가 백작부인에 의해서 탈취되었다면, 당신은 공문을 돌려서 보석상들에게 그것들을 사지 말 것을 경고했어야 합니다. 그녀는 보석들을 나누어서 파는 것도 가능했을 테니까요."

"이보세요!" 백작은 소리쳤지요. "내 아내라는 사실을 알고 있었잖아요."

"그런가요?"

"그녀는 남편의 권리하에 있습니다."

"그럴 수 있지요."

"그 여자는 그 다이아몬드들을 처분할 권리가 없습니다."

"옳습니다."

"그런데 어째서 선생은?"

69 『고리오 영감』에 아나스타지가 아버지 고리오 영감에게 이 다이아몬드 매매 건에 대해 말하는 부분이 나온다.

"허, 거참! 내가 당신 아내를 알고 있으며 그 여자는 남편의 권리하에 있다고요. 아니, 그러길 바랍니다. 아무튼 그 부인은 다양한 영향 아래에 있네요. 그러나 나는 당신의 다이아몬드들을 모릅니다. 백작부인이 환어음에 서명했으니 아마 그녀가 다이아몬드들을 사거나, 그것을 받아서 되팔거나 해서 장사를 하는 것도 가능하지요. 그런 일은 흔히 볼 수 있는 일이지요!"

"안녕히." 백작은 분노로 창백하게 되어 소리쳤습니다. "재판소라는 것이 있습니다!"

"옳습니다."

"여기 계시는 이분은," 백작은 나를 가리키면서 덧붙여 말했습니다. "매매 현장을 보셨겠지요."

"그럴 수 있습니다."

백작은 문 쪽으로 걸어갔지요.

그 순간 나는 이 사건의 중대함을 감지했고, 교전 중인 양편 사이에 끼어들었습니다.

"백작님." 나는 말했지요. "당신은 정당합니다. 그러나 곱세크 씨에게도 아무런 과실이 없습니다. 당신은 당신 아내를 법정에 세우지 않고 매수자를 재판에 넘길 수는 없을 것입니다. 그렇게 되면, 이 사건의 추악함은 그 여자 단 한 사람만의 몸을 덮치는 것은 아닐 겁니다. 나는 소송대리인입니다. 나는 내

직업에서라기보다는 오히려 나 자신에 대한 의무감에서 말씀드립니다만, 당신이 말하는 다이아몬드는 내가 보는 데서 곱세크 씨에게 매수되었습니다. 그러나 이 매각의 합법성에 대해서 이의를 제기하는 것은 틀렸다고 생각됩니다. 애초에 매각된 그 물건들이 뭔지도 잘 모르는 거니까요. 공정한 방식으로 말하면, 당신 말이 옳습니다. 그러나 법정에서 당신은 패소할 겁니다. 곱세크는 아주 정직한 사람이므로 이 매각이 그에게 유리하게 진행되었다는 것을 부인하지 않을 테고, 내 양심과 의무가 그 사실을 인정하지 않을 수 없는 경우에는 특히 그럴 테지요. 그렇지만 만약 당신이 소송을 제기한다면, 그 결과가 어떻게 될는지는 확실치 않지요. 그래서 나는 곱세크 씨와 타협할 것을 당신에게 조언합니다. 곱세크는 재판정에서 자신의 선의를 이유로 항변할 수 있지만, 당신은 어떤 경우에도 구매한 금액을 그에게 돌려주지 않으면 안 될 테니까요. 7개월에서 8개월, 아니 1년까지도 괜찮지만, 그 정도의 기한으로 하는 환매약관에 동의하시지요. 그 기한이 있으면 백작부인이 빌려 간 금액을 갚을 수 있을 테니까요. 단, 당신이 일시불로 충분한 담보를 내놓고 그것들을 오늘 당장 되사는 것을 선호하지 않는 한 말입니다."

고리대금업자는 극히 침착한 태도로 빵을 커피에 적시면서 태연자약하게 아침 식사를 하고 있었는데, 타협이라는 말을 듣자, 그는 '녀석! 내 교훈을 솜씨 있게 이용하는군' 하고 말하는 것처럼 나를 바라보았습니다. 내 쪽에서도 역시 충분히 이해할 만한 눈짓으로 응수했지요. 일은 매우 꺼림칙하고 지저분했습니다. 타협이 절실한 상황이었죠. 곱세크는 부인할 방법이 없었을 겁니다. 나도 진실을 말할 수밖에 없을 테니까요. 백작은 너그러운 미소로 나에게 감사를 표했습니다. 뒤이어 논의가 있었지만, 그 와중에 발휘된 곱세크의 교활함과 담욕은 국제회의에서의 어떤 외교상의 협상도 못 따를 정도였지요. 논의 끝에 결국 나는 증서를 작성하였지요. 백작은 고리대금업자로부터 이자를 포함해서 8만 5천 프랑의 금액을 받았다는 것을 인정하였고, 그 금액의 지불이 완수되면 곱세크가 백작에게 다이아몬드를 반환하는 것을 약속하는 것으로 했습니다.

"무슨 낭비란 말인가!" 그 남편은 서명하면서 외쳤습니다. "이 심연 위에 어떻게 다리를 놓아야 좋단 말이오?"

"아이들이 많습니까?" 곱세크가 신중한 어조로 물었지요.

이 질문은 백작을 소스라치게 했지요. 고리대금업자가 마치 노련한 의사처럼 순식간에 환부에 손을 대는 듯이 물었기 때문입니다. 그는 아무런 대답도 하지 않았습니다.

"그것참." 곱세크는 백작의 침울한 기색을 알아차리고 얘기를 계속했지요. "나는 당신들의 관계를 모조리 알고 있습니다. 그 여자는 악마예요. 당신은 물론 아직도 그 여자를 사랑하겠지요. 그럴 테지요. 그 여자는 심지어 나도 흥분시켰으니까. 아마도 당신은 재산을 지키고 그것을 애들 가운데 하나나 혹은 두 아들에게 남겨주고 싶을 테지요. 그러면, 자, 사교계의 소용돌이에 몸을 던지세요. 실컷 즐기세요. 이 돈을 낭비하십시오. 그리고 자주 곱세크를 찾아오십시오. 상류사회에서는 내가 유대인이라고, 아랍인이라고, 고리대금업자라고, 해적이라고 할 것이며 내가 당신을 파산시킬 거라 말할 겁니다. 나는 아무래도 상관없어요! 만일 나를 모욕한 자가 있다면, 때려눕힐 테니까! 당신의 공손한 이 벗보다 권총을 더 훌륭하게 쏠 줄 알며 칼도 쓸 줄 아는 사람은 아무도 없지요. 이것은 누구나 잘 알고 있는 사실이랍니다. 그리고 만약 만날 수 있으면 친구를 한 사람 구하십시오. 그리고 표면상 재산을 그에게 매각하는 것으로 하십시오. 이것을 자네들은 신탁유산증여fidéicommis[70]라고 부르지 않나?" 그는 나를 돌아보면서 물었습니다.

70 제3의 인물에게 재산을 넘기는 법적 조항을 말한다. 거기에는 일정한 기간 후 혹은 이 인물이 사망할 때 모든 재산이 선택한 상속인에게 반환된다는 비밀 조항이 있다. 이렇게 해서 드 레스토 백작은 아내를 상속에서 배제하고 자신의 유일한 아들이 상속하도록 한다. 이 거래가 효력이 있으려면 문서 안에 유언자의 실제 의도인 '반대증서'를 지정해야 한다.

백작은 완전히 자기 생각에 몰두해 있는 것처럼 보였는데, "내일 나는 당신에게 돈을 가져오겠습니다. 다이아몬드를 준비해두십시오" 하고 말하고는 떠나버렸습니다.

"정직한 사람처럼 바보 같잖아." 곱세크는 백작이 밖으로 나가자 경멸하듯이 말했습니다.

"오히려 열정에 사로잡힌 사람처럼 바보라고 말씀하시죠."

"백작이 자네에게 증서 작성비를 내도록 하겠네." 곱세크는 작별하면서 큰 소리로 말했습니다.

이 장면은 사교계에서 인기 있는 여성의 그 추악한 비밀을 처음 나에게 가르쳐주었던 것인데, 그로부터 며칠 후 어느 날 아침에 백작이 내 사무소에 들어왔습니다.

"선생." 그가 말했지요. "나는 대단히 중대한 이해 문제에 대해서 당신과 상의하려고 왔습니다. 나는 당신에게 전폭적인 신뢰를 보내고 있다는 점을 우선 말씀드리고 싶고, 또 그것을 증명할 수도 있다고 생각합니다. 드 그랑리외 부인 소송에서의 당신의 행동은, 어떤 찬사로도 부족합니다." 백작이 그렇게 말했지요.

이렇게, 부인." 소송대리인이 자작부인에게 말했다. "나는 당신에 대한 나의 사소한 행위의 보수를 셀 수 없이 받고 있습니다.

나는 정중하게 백작에게 경의를 표하고, 그저 정직한 인간의 의무를 수행했을 뿐이라고 대답하였지요.

"그런데 나는 그 이상한 사람에 대해서 세세하게 알아보았지요. 그런데 지금의 당신이 있는 것은 그 남자 덕분이라는군요." 백작이 내게 말했습니다. "내가 알고 있는 모든 정보에 의하면 이 곱세크한테는 견유학파의 철학자다운 점이 있어 보입니다. 그의 정직함에 대해서 어떻게 생각합니까?"

"백작님." 나는 대답했지요. "곱세크는 나의 은인이지요……. 15%의 이자로 말입니다." 나는 웃으면서 덧붙였지요. "그런데 그가 인색하다고 해서 내가 잘 모르는 당신 앞에서 그가 어떤 사람인지를 상세하게 이야기할 수야 없지 않겠습니까."

"선생, 말씀해주세요! 당신이 솔직하게 말한다 해도 그에게나 당신에게나 해가 되지는 않을 겁니다. 전당포를 하는 사람이 설마 천사라고는 생각하지 않으니까요."

"파파 곱세크는," 나는 말을 계속했지요. "자기 행동을 규제하고 있는 원리를 마음속 깊이 확신하고 있는 사람입니다. 그에 따르면, 돈이라는 것은 하나의 상품이므로, 때에 따라 싸게도 혹은 비싸게도, 아무런 양심의 거리낌 없이, 팔 수 있다는 겁니다. 그가 보기에 대부업자란 자기 돈에 대하여 높은 이자를 요구하므로, 이윤을 추구하는 기업이나 투기에 미리 출자자로 참가하는 사람이라는 것입니다. 그의 금융상의 견해와 인간 본성에 대한 철학적인 관찰이 그에게 외견상 고리대금업자와 같은 행동을 하도록 하지만, 그것을 제외하면, 일단 일에서 떨어진 그는 파리 전체에서 가장 섬세하고 정직한 사람이라고 나는 내심 확신하고 있어요. 그의 몸 안에는 두 종류의 인간이 존재하고 있습니다. 구두쇠와 철학자, 왜소한 인간과 위대한 인간입니다. 만약 내가 어린애들을 남겨놓고 죽는 일이 있다면 그를 그 애들의 후견인으로 정할 겁니다. 이것이 지금까지의 경험에 기초해서 내가 아는 곱세크의 모습입니다. 나는 그의 과거의 삶에 대해서 아무것도 알지 못합니다. 그는 해적이었을지도 모르지요. 다이아몬드나 사람들, 여자들 혹은 국가 비밀을 가지고 부당하게 거래하면서 온 세상을 돌아다녔을 수도 있을 테지요. 그러나 그처럼 강하게 담금질이 되고, 잘 단련된 영혼을 가진 사람은 하나도 없다고 장담합니다. 그에게 내가 빚진 돈을 완전히 청산하러 간 그날, 나는 말투에 주의하면서 물었지요. 도대체 무슨 생각에서 나에게서 그 많은 이자를 받게 되었는지, 또 친구인 나를 친절히 돌보아주면서도 무슨 이유로 완전히 무상으로 자선을 베풀지 않게 되었는지를요.

'내 아들, 나는 자네가 감사의 마음을 가지지 않도록 한 것이네. 나에게서 아무것도 빚진 게 없다고 생각할 권리를 자네

에게 제공한 것이지. 그래서 우리는 이 세상에서 가장 좋은 친구일세.'

이 대답은 다른 많은 말보다도 이 남자를 잘 설명해줄 겁니다."

"이제 내 결심은 확실하게 정해졌습니다." 백작은 내게 말했습니다. "내 재산의 소유권을 곱세크에게 이양하는 데 필요한 서류를 준비해주십시오. 그리고 다음과 같은 반대증서[71]를 작성하고 싶은데, 그 작성에 관해서 내가 신뢰할 수 있는 바는 당신뿐입니다. 즉, 그 증서로, 곱세크에게 이 매각은 표면적이라는 점을 선언하고, 그에 의해서 그의 방식대로 관리된 재산을 내 장남이 성인이 될 때 장남의 손에 넘겨준다는 약속을 받고 싶습니다. 그런데 지금 당신께 다음의 것도 말씀드려야 합니다. 나는 이 중대한 증서를 내 집에 보관해도 될지 모르겠습니다. 내 아들은 모친에게 무척 애정을 느끼고 있으므로 이 반대증서를 아들에게 맡기는 것은 별로 좋을 것 같지 않습니다. 어떻게, 문건을 당신이 보관해줄 것을 부탁드려도 되겠습니까? 곱세크가 사망할 경우, 곱세크는 당신을 내 재산의 유증수유자[72]로 지정할 것입니다. 그러면 모든 것을 고려한 셈이 됩니다."

71 정식 증서를 무효로 하는 효력을 가지는 비밀 증서.

72 상속인 혹은 상속 실행을 담당하는 사람.

백작은 한동안 침묵을 지키고 있었지만, 매우 동요하고 있는 것처럼 보였습니다.

"정말 미안합니다." 잠시 사이를 두고 그가 말을 했지요. "나는 무척 고통을 겪고 있습니다. 내 건강 상태는 내게 심한 공포감을 주고 있지요. 최근에 겪은 슬픔으로 인해 몸이 심하게 망가졌기에, 이와 같은 중대한 조처를 하는 게 절실히 필요합니다."

"가장 먼저 내게 보내고 있는 신뢰에 진심으로 감사를 표합니다." 나는 말했지요. "그러나 그 신뢰를 저버리지 않기 위해서라도 한 가지 지적해야 하는데요. 그와 같은 조처를 하게 되면 당신의…… 다른 아이들 쪽에게서 상속권을 완전히 박탈해 버리는 것이 됩니다. 그 아이들 역시 당신의 성을 지니고 있지요. 지금은 실추되었긴 해도 한때는 사랑했던 부인의 아이들 아닌가요.[73] 그들도 어느 정도 생활을 보장받을 권리가 있습니다. 만약 그들의 운명이 정해지지 않는다고 하면, 당신이 모처럼 의뢰하려는 사건을 받아들이지 않겠다는 사실을 분명히 말씀드리겠습니다."

73 『고리오 영감』에서 드 레스토 백작은 부인에게서 세 명의 자식 가운데 백작의 자식은 장남뿐이고 다른 자식 둘은 막심 드 트라유의 자식임을 자백받았다.

이 말은 백작을 크게 동요시켰습니다. 그의 눈에는 눈물이 어려 있었고, 그는 내 손을 꽉 잡으면서 이렇게 말했지요.

"나는 지금까지 당신을 완전하게는 알지 못했습니다. 당신은 나의 마음을 아프게 한 동시에 나를 기쁘게도 했습니다. 그 아이들에게 돌아갈 몫을 반대증서의 조항으로 정하는 것으로 합시다."

나는 내 사무실의 문까지 그를 배웅했습니다. 그때 내 보기에 그의 얼굴은 정당한 행동을 했다고 하는 만족감으로 밝아진 것 같았습니다.

자, 보세요, 카미유 양, 이렇게 젊은 여자들이 파멸의 길에 나서게 되는 겁니다. 때로는 한 번의 카드리유, 피아노 옆에서 부른 한 곡조의 노래, 한 번의 교외 소풍만으로도 끔찍한 불행이 시작되기도 합니다. 허영심과 과시의 오만한 목소리에, 한 번의 미소에 대한 믿음에 빠져들고 마는 것이지요. 혹은 분별없음과 경솔함 때문이라고 할까요? '수치', '회한', '비참'은 세 '복수의 여신'으로, 여자들은 일정한 한계를 넘어서는 순간 바로 이 여신들의 손아귀에 떨어지고 마는 겁니다……."

"가엾은 카미유는 졸려 죽겠네." 자작부인은 소송대리인의 말을 중단시키면서 말했다. "어서, 내 딸아, 가서 자거라. 네 마음을 순수하고 정숙하게 유지하는 데 무서운 이야기를 들을 필요는 없단다."

카미유 드 그랑리외는 어머니의 의도를 알아차리고는 그곳을 나갔다.

"친애하는 데르빌 씨, 당신의 이야기는 다소 지나쳤어요." 자작부인은 말했다. "소송대리인은 일가의 어머니도 설교사도 아니지요."

"그렇지만 신문들은 몇 천 배나 더……."

"아니, 데르빌 씨!" 자작부인은 소송대리인의 말을 중단시키면서 말했다. "당신, 정말 이해가 안 되네요! 내 딸이 신문을 읽는다고 생각하는 건가요?" 자작부인은 잠시 사이를 두고서 덧붙였다. "이야기를 계속하세요."

"백작이 곱세크에게 유리하게 동의했던 그 매각이 승인되고 석 달 후에……."

"드 레스토 백작이라고 이름을 불러도 괜찮아요. 내 딸은 여기에 없으니까." 자작부인이 말했다.

"좋습니다." 소송대리인은 이야기를 계속했다. "그 일이 있은 지 한참이 지났지만, 나는 수중에 보관해야 할 그 반대증서를 미처 받지 못하고 있었습니다. 파리의 소송대리인들이란 바쁜 매일을 보내고 있어서, 고객들의 사건에 대해서도 고객 자신이 쏟고 있는 관심의 정도밖에는 관심을 기울일 수가 없답니다. 물론 우리에게도 예외는 있긴 하지요. 그렇지만 어느 날, 고리대금업자가 내 집에서 저녁 식사를 했던 날, 나는 식탁을 떠날 때 어째 드 레스토 씨의 소식을 전혀 들을 수 없는데, 그 이유를 알고 있는지를 물었지요.

“거기에는 충분한 이유들이 있다네.” 그는 내게 대답했지요. “그 귀족은 죽음의 문턱에 있네. 다정한 마음을 가진 사람이라서 이런 사람은 슬픔을 없애는 방법을 알지 못하지. 역으로 슬픔이 자신을 죽이게 내버려둔다네. 인생이란 하나의 일이며 직업이니, 이것을 배우기 위해서는 노력하지 않으면 안 된다네. 다양한 고통을 겪은 덕분에 그 인생이 어떤지를 알게 될 때는 그 사람의 기질이 강화되고, 일종의 유연성을 획득하게 된다네. 이렇게 되면 그 사람은 자기 감수성을 제어할 수 있거든. 그 신경은 일종의 강철로 된 용수철 같은 것이 되어서, 휘긴 하지만 꺾이지는 않거든. 그리고 이렇게 준비된 인간은 소화기관만 좋다면 레바논의 삼나무만큼 장수할 게 틀림없지. 이것은 아주 훌륭한 나무야.”

“백작은 죽음에 임박했나요?” 나는 말했지요.

“그럴 수도 있지.” 곱세크는 말했지요. “자네는 그의 유산 상속에서 이득을 볼 수 있을 거네.”

나는 상대를 쳐다보고 그의 본심을 캐기 위해 이렇게 말했지요. “어째서 백작과 나 둘만이 당신이 유일하게 관심을 두는 사람인지에 대해서 설명해주세요.”

“당신들 두 사람만이 잔꾀를 부리지 않고 나를 신용했기 때문이지.” 그가 내게 대답했습니다.

이 답변 때문에 반대증서가 상실되는 경우일지라도 곱세크가 자기 입장을 악용하는 일은 없을 거로 생각했지만, 그래도 나는 백작을 보러 가겠다고 결심했습니다. 일이 있다고 핑계를 대고 나는 곱세크와 함께 집을 나섰지요. 엘데르 거리까지 나는 아주 금방 도착했습니다. 나는 백작부인이 자신의 아이들과 놀고 있는 응접실로 안내되었어요. 내가 왔다는 것을 듣고 그 여자는 재빨리 일어나서 나를 맞이하기 위해 나왔고, 손으로 벽난로 옆에 있는 빈 안락의자를 가리키고는 침묵한 채 자기도 자리에 앉았습니다. 그리고 그 여자는 사교계의 여자들이 교묘하게 열정을 숨길 줄 아는 그 무표정한 가면으로 자기 얼굴을 가렸습니다. 슬픔 때문에 그 얼굴은 이미 빛을 잃고 있었지요. 지난날의 매력을 말해주는 아름다운 얼굴선만이 그 미모의 증거로서 남아 있었습니다.

“부인, 백작에게 반드시 말씀드릴 일이 있는데요…….”

“만약 그렇게만 될 수 있다면 당신은 나보다 더 총애받는 분이 될 겁니다.” 나의 말을 중간에 끊으면서 그 여자는 말했습니다. "백작은 아무도 만나려고 하지 않아요. 의사의 방문조차 겨우 허용하고 있어요. 어떤 보살핌도, 심지어 나의 보살핌조차도 거부하고 있습니다. 아픈 사람들은 그 이상한 변덕을 부리는 거예요! 마치 어린아이들과 같아서, 자기들 스스로 자신들이 하고 싶은 것도 모르는 겁니다."

"아마도 아이들처럼 자신들이 하고 싶은 것을 아주 잘 알고 있는 것일 수도 있지요."

백작부인은 얼굴을 붉혔습니다. 나는 그렇게 곱세크식으로 대꾸를 하고 만 것을 무척이나 후회했습니다.

"그렇지만," 나는 화제를 바꾸려고 말을 계속했습니다. "드레스토 씨가 그렇게 계속해서 혼자 지내는 건 말도 안 되는 일입니다."

"그는 옆에 큰아들을 두고 있어요." 그녀가 대답했지요.

나는 백작부인을 뚫어지게 쳐다보았지만, 소용이 없었지요. 이번에는 얼굴도 더는 붉히지 않더군요. 내가 자기 비밀을 파고들도록 내버려두지 않겠다는 결심을 단단히 한 것 같았습니다.

"이해해주셔야 하는데요, 부인, 나의 행위는 결코 주제넘은 것이 아닙니다." 나는 계속 말했습니다. "중대한 이해 문제에 관한 것입니다." 나는 내가 난처한 말을 꺼냈다고 느끼고 입술을 깨물었습니다. 그러자 백작부인은 곧바로 내 경솔함을 이용했습니다.

"나의 이해 문제는 남편의 이해 문제와 조금도 분리되지 않아요." 그녀가 말했습니다. "당신이 나에게 말한다고 해도 전혀 상관없습니다……."

"지금 방문한 용건은 오직 백작님에게만 관련된 것입니다." 나는 단호하게 대답했지요.

"당신이 그이와 만나고 싶어 한다고 전달하도록 하지요."

그녀가 이렇게 말할 때의 예의 바른 어조와 친절한 표정도 나를 속이지는 못했습니다. 그 여자가 남편과 나를 만나게 해 줄 일은 결코 없으리라고 짐작했지요.

나는 잠깐 백작부인을 관찰하기 위해서 상관없는 말을 했습니다. 그러나 자신을 위해 하나의 계획을 품고 있는 여자가 모두 그렇듯이 그 여자도 그 드문 철저함으로 숨길 줄 알았지요. 그건 당신네 여성에게 있어서 불충실의 극치를 나타내는 것이죠. 감히 말할 수 있다면, 나는 그 여자 측으로부터 모든 걸, 심지어 범죄까지도 감지했습니다. 이 느낌은 그 여자의 손짓과 시선에서, 그 여자의 태도와 목소리의 억양에서까지 역력히 드러나고 있는 미래의 예감에서 오는 것이었지요. 나는 그 여자와 작별하고 나왔습니다.

이제부터 이 사건의 마지막 장면들을 당신들에게 이야기하겠습니다. 거기에 시간이 지나면서 밝혀지는 일련의 상황들과 곱세크나 나 자신의 직관력으로 추측되는 몇 가지 세부적인 사실들도 보태도록 하겠습니다. 드 레스토 백작이, 짐작건대, 방탕의 소용돌이에 빠져들어서 자기 재산을 탕진하려는 것처럼 꾸며 보였을 때부터 그 부부간에는 남들이 짐작할 길이 없는 싸움들이 있었으며, 이 때문에 백작은 그 어느 때보다 아내를 한층 더 적대적으로 생각하게 됐던 겁니다. 그리고 그가 심하게 병이 들어 어쩔 수 없이 자리에 눕게 되자 아내와 어린 두 자식에 대한 혐오가 전부 나타나게 된 거죠. 그들에게는 자기 침실에 들어오는 것을 금하고, 그들이 그 지시를 어물쩍 넘기려고 하면 드 레스토 씨는 그의 생명에 위태로울 정도의 발작증을 일으켰기 때문에 의사가 백작부인에게 남편의 지시를 어기지 말아 달라고 할 정도였지요. 드 레스토 백작부인은 일가의 토지와 소유물, 심지어 자신이 거주하는 저택까지도 하나하나 곱세크의 손으로 넘어가는 것을 보고 있었습니다. 곱세크는 그들의 재산에 관해서 마치 식인귀라는 환상적인 인물을 체현하고 있는 것처럼 보였지요. 그래서 그녀도 남편의 음모를 알아차렸겠지요. 드 트라유 씨는 채권자들로부터 꽤 시달림을 받아서 영국을 여행하고 있었습니다. 백작부인에게 대항하기 위해서 고리대금업자가 드 레스토 백작에게 시사한 비밀의 경계

조치를 그녀에게 가르쳐줄 수도 있었던 사람은 그가 유일했을 겁니다. 우리 법의 규정에 따르면 재산 매각을 유효하게 하기 위해서는 부인의 서명이 반드시 있어야 합니다. 사람들 말로는 그 여자는 오랫동안 그 서명을 하는 데 저항했다고 하는데, 그럼에도 백작은 그것도 획득했습니다. 백작부인은 남편이 재산을 자본 가치로 산출해서 그것을 작은 어음책으로 만들어 은밀한 곳에, 소송대리인 사무소에 혹은 은행에라도 숨겨놓았을 것으로 생각했던 겁니다. 그녀의 짐작에 따르면 드 레스토 백작은 큰아들이 자기 재산을 쉽게 회복할 수 있도록 하는 뭔지 모를 증서를 가지고 있음이 틀림없었습니다.

그 때문에 그 여자는 남편의 침실 주변에 가장 엄격한 감시 체제를 세우는 방침을 정한 겁니다. 그 여자는 자기 집을 전제적으로 지배하여, 집 안의 구석구석 모든 것이 이 여성의 염탐 대상이었습니다. 온종일 그 여자는 백작의 침실에 인접한 응접실에 앉아 있었는데, 그곳에서는 남편의 아주 사소한 이야기나 매우 가벼운 움직임도 들을 수 있었습니다. 밤에는 그 방에 침대를 놓게 했지만, 거의 눈을 붙이지 않았지요. 의사는 완전히 그 여자의 편이었습니다. 이와 같은 헌신은 칭찬받을 만한 것으로 보였으니까요. 그 여자는 불충실한 인간에게 천부적인 그 교활함을 이용해서 드 레스토 씨가 그녀에 대해 표현하고 있는 혐오를 숨길 줄 알았으며, 또 너무나 완벽하게 고통을 잘 가장했기에 그녀에게는 일종의 평판이 생길 정도였지요. 정숙한 부인들 가운데는 그 여자가 저렇게 해서 자기의 죄를 씻고 있다고 생각하는 사람들도 있었답니다. 그러나 그 여자는 자신이 만일 정신을 차리지 않으면 최후에, 백작의 사후에 자기를 위협할 수 있는 비참한 상태가 눈앞에 계속해서 떠오르는 것이었습니다. 그래서 남편이 신음하고 있는 병고의 침대로부터 쫓겨난 이 여자는 그의 주변에 마술적인 연막을 쳤던 것입니다. 남편에게서 멀리 떨어져 있으면서도 그에게 가까이 있었고, 총애를 상실했으면서도 모든 권력을 가졌으며, 겉보기에 헌신적인 부인인 체하는 그 여자는 남편의 죽음과 재산을 노리고 있었는데, 그 모습은 마치 나선형의 구멍을 파놓고 그 모래 구덩이 밑에 숨어서 모래알이 떨어지는 소리를 엿들으면서 목적한 획득물을 기다리고 있는 저 들판의 곤충과 같았지요.

가장 준엄한 비판자도 백작부인이 어머니로서 애정이 깊은 부인이라는 것을 인정할 수밖에 없었을 겁니다. 아버지의 죽음[74]이 그 여자에게 교훈이 된 것이라고들 말하고 있답니다. 그 여자는 자식들을 지극히 사랑했으며 자기의 나쁜 행실을 아이

74 고리오 영감의 죽음을 가리킨다.

들이 보지 못하게 감추었지요. 자식들은 아직 어렸으므로 그녀는 그 목적을 달성할 수 있었으며, 또한 그들로부터 사랑받는 것이 가능했던 겁니다. 그 여자는 그들을 나무랄 데 없이 훌륭하게 교육했습니다. 솔직히 말해서 나는 이 여자에 대해서 감탄과 동정하는 마음을 금할 수 없습니다. 이것 때문에 바로 얼마 전까지만 해도 곱세크가 나를 놀리곤 했지요. 이 시기에 백작부인은 막심 드 트라유의 비열함을 분명히 알게 되었고, 과거의 잘못을 피눈물을 쏟으며 뉘우치고 있었지요. 나는 그렇게 생각합니다. 그 여자가 남편 재산을 탈취하기 위해서 취한 조치들이 아무리 추악하더라도, 어머니로서의 애정을 가지고 자식들에 대해서 자기 잘못을 속죄하고 싶었기 때문에 그런 행동을 하게 된 게 아닐까요? 그리고 또, 어쩌면 그녀도 정열의 폭풍우를 겪은 많은 여자처럼 다시 정숙해지고 싶다는 욕구를 느꼈을지도 모릅니다. 혹시 그 여자는 자기 잘못으로 뿌려진 씨의 슬픈 수확을 거두어들일 때 정숙의 가치를 이해한 것일지도 모릅니다. 어린 에르네스트는 아버지의 방에서 나올 때마다 매번 백작이 하거나 말한 모든 것에 관해서 하나하나 엄격한 심문을 받았습니다. 자식 처지에서는 그것이 애정 어린 마음에서 나온 것으로 생각해서 모친의 바람에 친절하게 대답하고, 묻지 않아도 먼저 대답했습니다.

나의 방문은 백작부인에게 한 줄기 빛이었습니다. 그 여자는 나를 남편의 복수를 위한 수행자로 보았던 겁니다. 그래서 나를 죽어가는 사람 곁에 가게 해서는 안 된다고 결심한 거겠지요. 불길한 예감에 사로잡힌 나는 드 레스토 씨와의 면회를 어떻게 하든지 달성하고 싶어 했지요. 왜냐하면 반대증서의 운명에 대해서 걱정하지 않을 수가 없었기 때문이었습니다. 만약 백작부인의 손에 들어간다면, 그 여자가 그 증서들을 유리하게 사용할 수도 있고, 그렇게 되면 그 여자와 곱세크 사이에 끝없는 민사소송이 제기될 수도 있기 때문입니다. 나는 이 고리대금업자의 성격을 잘 알고 있었는데, 그는 결코 재산을 백작부인에게 반환하지 않을 것이며, 이들 반대증서의 내용에는 오직 나만이 집행할 수 있는, 시비를 따질 만한 요소들이 상당히 있었습니다. 나는 많은 불행을 막으려고 마음먹었지요. 그래서 나는 두 번째로 백작부인 댁으로 갔습니다.

저는 알게 되었는데요, 부인" 하고 데르빌은 드 그랑리외 자작부인을 향해서 비밀 이야기를 하는 어조로 말했다. "세상에는 우리가 그 정도 주의를 기울이지 않는 모종의 도덕적 현상이라는 것이 존재한다는 사실을 말입니다. 천성적으로 관찰자인 나는 내가 취급하고 있는 사건 가운데 인간의 정념이 아주 깊이 엮여 있는 이해 문제의 사건에는 부지불식간의 분석적인 정신을 발동시킵니다. 그런데 나는 그때마다 번번이 새로운 놀라움으로 두 적수가 자기들이 품고 있는 은밀한 생각과 의도를 서로 간파하고 있다는 점에 감탄하곤 했습니다. 두 적대자 사이에는 상대편의 마음속을 읽는 두 여인처럼 명석한 판단력과 지적인 통찰력이 종종 있습니다. 그러므로 우리, 즉 백작부인과 내가 서로 마주했을 때, 비록 그 여자가 정중함과 상냥함이라는 아주 우아한 예의로 자기의 감정을 가리고 있었지만, 나로서는 그 여자가 품고 있는 반감의 원인이 즉각 이해되었습니다. 나는 그 여자의 속내를 속속들이 잘 알고 있는 사람이었던 겁니다. 그리고 여자가 그 앞에서 얼굴을 붉혀야 하는 남자를 증오하지 않는 것은 불가능한 법이지요. 그 여자 쪽에서도 비록 내가 자기 남편이 신뢰하는 사람이었다고 해도, 아직 남편은 자기 재산을 나에게 맡기지는 못했다는 사실을 짐작하고 있었지요.

우리의 대화는, 여기서는 당신들에게 말씀드리는 것은 삼가겠지만, 내가 경험했던 것 가운데에서도 가장 위험한 대결의 하나로서 나의 기억에 남아 있습니다. 사람이 어떻게 해도 저항할 수 없는 유혹을 행사하는 데 필요한 천부적인 자질을 부여받은 백작부인은 유연한 태도를 보이는가 하면 오만한 모습을 보이기도 하고, 애무하듯이 보기도 하는가 하면 믿는 사람처럼 대하기도 하였지요. 그 여자는 심지어 내 호기심에 불을 질러, 나를 지배하기 위해서 나의 가슴에 애정을 불러일으키려고까지 시도했지요. 그러나 그 여자는 실패했습니다. 내가 작별 인사를 할 때, 그 여자의 눈에 나를 소름 끼치게 하는 증오와 분노가 번득이는 것을 보고 놀랐습니다. 우리는 적으로 갈라졌던 겁니다. 그 여자는 가능하다면 나를 매장했으면 좋겠다고 생각했을 테지요. 하지만 내 쪽에서는 그 여자에게 연민의 감정을 느꼈는데, 이 연민은 특정한 성격을 가진 사람들에게 있어서는 가장 잔혹한 모욕이나 마찬가지였지요. 이 연민의 감정은 내가 마지막으로 말한 이야기 중에 드러나 있었습니다. 무슨 방식으로든 아무리 노력한다고 할지라도 필연적으로 파산하게 될 것이라고 선언해서, 나는 그녀의 마음속에 깊은 공포를 남겼다고 생각하고 있습니다.

"만약 내가 백작님과 만나기만 한다면, 적어도 당신 아이들의 재산만큼은……."

"나는 당신이 생각하는 그대로예요." 그 여자는 혐오하는 몸짓으로 내 말을 중단하면서 말했지요.

일단 우리 둘 사이에 이 정도로 솔직하게 문제가 제시된 이상, 나는 이 가족을 임박한 비참함으로부터 구하겠다는 결심을 했습니다. 이러한 목적을 이루기 위해서는 법률에 반하는 행위도 감행하겠다는 각오로 내가 취한 준비 조치는 다음과 같습니다. 드 레스토 백작이 곱세크로부터 일정 금액을 빚진 것으로 해서 백작에 대한 소송을 제기하고, 유죄판결을 얻어냈습니다. 백작부인은 물론 이 소송 절차를 숨겼지만, 이렇게 해서 나는 백작이 사망하면 봉인[75]을 붙이는 권리를 획득했던 겁니다. 그 다음 나는 백작 집안의 한 사람을 매수하였지요. 그의 주인이 임종에 가까우면 그것이 한밤중에 일어난다고 할지라도 즉시 내게 알려주러 오겠다는 약속을 받았습니다. 그렇게 되면 나는 느닷없이 그 현장에 개입하여 봉인하겠다는 말로 백작부인을 위협해서, 백작에게 보관된 반대증서를 구해내는 것이 가능한 겁니다. 나는 나중에 이 여자가 죽어가는 남편의 신음을 엿들으면서 민법을 연구하고 있었다는 것을 알았습니다. 만약에 죽어가는 사람의 침대를 둘러싼 사람들의 생각을 그림으로 묘사하는 것이 가능하다면 그들의 마음이 얼마나 무서운 장면을 보였겠습니까? 음모가 정교해지거나, 계획이 형성되거나, 모략이 꾸며지거나 하는 그 동기는 늘 재산이지요! 문제의 성질상 지나치게 추잡한 세부는 이 정도로 해두죠. 하지만 아마도 그러한 세부는 당신이 그 여자의 고통, 남편의 고통을 간파할 수

75 가구 혹은 형체가 있는 동산에 대하여 훼손하지 않고는 열 수 없도록, 즉 그 모양을 바꾸지 못하도록 하는 처분으로서 법적 허가에 따라 붙인다.

있도록 했을지도 모르며, 또한 당신에게 그들의 가정과 유사한 몇몇 가정의 비밀도 폭로할 테지요.

2개월 전부터 드 레스토 백작은 제 운명에 체념하고, 자기 방 안에서 외따로 침대에 누운 채로 있었습니다. 죽을병은 점차 그의 육체와 이성을 약화하고 있었습니다. 병든 사람들에게서는 기묘한 짓을 하는 설명하기 어려운 변덕들을 볼 수 있는데, 그와 같은 변덕에 그도 사로잡히게 되었습니다. 그는 자기 거처를 치우지 못하게 했으며 누구의 시중도 받으려 하지 않았으며 심지어 시트를 가는 것조차 허락하지 않았습니다. 이와 같은 극도의 무기력은 그의 주변에 확실히 각인되어 있었지요. 침실의 가구들은 무질서한 상태였고, 먼지와 거미줄은 나무랄 데 없이 정교한 장식품들을 덮고 있었습니다. 예전에는 훌륭하고 세련된 취향을 갖고 있었던 그가 지금은 그 방의 울적한 광경에 만족해하고 있었습니다. 벽난로와 책상, 의자들에는 병에 필요한 물품들이 어지럽게 쌓여 있었지요. 차 있기도 비어 있기도 한, 대부분이 지저분한 약병들이 있었고, 흩어져 있는 내의들, 깨진 접시들이 있었으며, 벽난로 앞에는 뚜껑이 열린 화로가 있었고, 광천수가 아직도 가득 차 있는 욕조도 있었습니다. 이 보기 흉한 카오스의 하나하나의 세부에서 파괴라는 감정이 표현되고 있었지요. 죽음은 인간을 덮치기 전에 우선 사물 가운데에 모습을 나타냈던 겁니다. 백작은 햇빛을 끔찍이도 싫어했기 때문에 창문의 덧문은 언제나 닫혀 있었으며, 어둠은 이 슬픈 장소의 음침한 모습을 더 심화시키고 있었습니다. 환자는 아주 많이 수척해졌지요. 생명이 피난한 느낌이 있는 눈만이 아직도 그 빛을 간직하고 있었지요. 얼굴의 납빛과 같은 창백함에서는 무엇인가 무시무시한 것이 느껴졌는데, 이것은 특히 그가 절대로 깎지 못하게 해서 그토록 자라난 긴 머리칼이 그의 야윈 뺨에 드리워져서 더욱 그러했지요. 그는 사막의 광신적인 수행자와 비슷해 보였습니다. 그렇게나 뛰어나며 행복한 남자로 파리 사교계에 알려져 있었는데, 정신적 괴로움 때문에 이제 겨우 쉰 살이 되었을 뿐인 이 남자의 안에서 인간다운 감정이 모두 소거되었던 겁니다.

1824년 12월 초의 어느 날 아침에 그는 아들 에르네스트가 침대맡에 앉아 자기 쪽을 고통스럽게 응시하고 있는 것을 쳐다보았습니다.

"아프세요?" 젊은 자작이 물었지요.

"아니!" 그는 소름 끼치는 미소를 띠고 말했습니다. "모든 게 여기와 심장 근처에 있단다!"

그는 자기 머리를 가리키고는 피골이 상접한 손가락을 푹 꺼진 가슴에 대고 눌렀는데, 그 몸짓에 그만 아들은 울음을 터

뜨렸습니다.

“어째서 데르빌 씨가 오지 않는 거지?” 백작은 시종에게 물었지요. 백작은 그 시종이 자기에게 매우 충실하다고 간주하고 있었지만, 실은 완전히 백작부인의 뜻대로 하는 사람이었습니다. “어찌 된 일이야, 모리스?” 죽어가는 백작은 소리를 지르며 몸을 일으켜 앉았고, 그의 의식은 아주 또렷해진 듯했습니다. “2주 전부터 내 소송대리인한테 자넬 보낸 게 일고여덟 번인데 그가 오지 않는단 말인가? 그래, 자네는 나를 놀리고 있는 건가? 지금 당장 가서 그를 데려오게. 만약 자네가 내 명령을 따르지 않는다면 내가 몸소 일어나서 가겠네…….”

“부인.” 시종이 방에서 나오면서 말했습니다. “백작님이 말씀하시는 걸 들으셨지요. 제가 어떻게 해야 하는 거지요?”

“소송대리인 사무실로 가는 것처럼 하고, 나갔다가 돌아와서 매우 중요한 소송이 있어서 여기에서 160킬로미터 떨어진 곳으로 떠났다고 주인께 말해요. 그리고 이번 주말에나 그가 돌아온다고 덧붙여 말하면 되지요.”

‘아픈 사람들은 늘 자기들의 운명에 대해서는 착각하는 거니까.’ 그녀는 생각했습니다. ‘그리고 그 남자가 돌아오기를 기다리겠지.’

의사는 그 전날에 백작이 하루를 넘기기가 힘들 것이라고 선고했답니다. 두 시간 후 시종이 그 주인에게 이 절망적인 대답을 하러 오자마자 위독한 병자는 극도로 동요하는 것처럼 보였습니다.

"하느님, 맙소사! 하느님, 맙소사!" 하고 그는 여러 차례 반복했지요. "이젠 믿을 수 있는 것은 너뿐이야." 그는 한참 동안 자기 아들을 쳐다보았지요. 그리고 마침내 약한 소리로 말했습니다.

"내 아들 에르네스트, 너는 너무 어리지. 그렇지만 너는 선량한 마음을 지녔으니까, 너는 죽어가는 사람과의 약속, 그것도 부친과의 약속이 얼마나 신성한 것인지 분명 이해할 거야. 너는 비밀을 지킬 수 있다고 생각하니? 심지어 네 어머니조차도 그 비밀을 의심하지 않을 정도로 마음속 깊이 묻어둘 수 있다고 생각해? 이제는 아들아, 이 집안에서 내가 믿을 수 있는 사람은 오직 너뿐이구나. 나의 신뢰를 저버리지 않겠지?"

"그럼요. 아버지."

"그래, 에르네스트, 이제 조금 있으면 너에게 봉인된 봉투를 넘겨줄 텐데, 그건 데르빌 씨의 것이다. 네가 그것을 가지고 있다는 걸 아무도 의심하지 않을 정도로 잘 보관해야 한다. 그런 다음 몰래 집을 빠져나가서 길 끝에 있는 우체통에 그것을 집어넣어라."

"네, 아버지."

"내가 너를 믿을 수 있는 거지?"

"네, 아버지."

"이리 와서 날 안아다오. 네가 이렇게 해주면, 죽는 것도 그렇게 원통하지는 않아. 내 아들아. 6, 7년 후엔 너도 이 비밀의 중요성을 이해하게 될 거다. 그리고 너는 네 기민함과 약속의 엄수로 충분하게 보상받게 될 거다. 그때 너는 내가 너를 얼마나 사랑했는가를 알게 될 거야. 그럼 이제는 잠시 혼자 있게 해주렴. 그 누구라도 여기에 들어오게 해서는 안 된다."

에르네스트는 방을 나갔고 응접실에 서 있는 어머니를 보았습니다.

"에르네스트." 그에게 그녀가 말했지요. "이리 오렴." 그녀는 아들을 두 무릎 사이로 당기면서 의자에 앉아서 그를 가슴에 힘껏 끌어안고 뽀뽀를 해주었지요.

"에르네스트, 아버지가 방금 너에게 말했지?"

"네, 엄마."

"그래, 네게 뭐라고 하시던?"

"난 그 말을 옮길 수 없어요, 엄마."

"오! 얘야." 백작부인은 그를 와락 꼭 껴안으면서 소리쳤지요. "나는 네가 비밀을 지킬 줄 알아서 얼마나 기쁜지 모르겠다! 절대로 거짓말하지 않는 것, 그리고 자신의 약속을 반드시 지키는 것, 이 두 가지는 절대로 잊어서는 안 되는 중요한 것이란다."

"엄마, 엄마는 정말 아름다워요! 엄마는 거짓말한 적 없지요, 엄마! 나는 그걸 잘 알고 있어요!"

"에르네스트, 나도 몇 번인가 거짓말을 한 적이 있단다. 그래, 그 앞에서는 모든 법도가 무효가 되는 듯한 상황에서는 내가 한 약속을 어긴 적도 있단다. 잘 들어라, 에르네스트, 너는 충분하게 컸고 영리해서 아마 아버지가 나를 멀리하고 내 간호도 싫어하는 것을 잘 알고 있겠지. 그런데 그것은 자연스러운 것이 아니란다. 너는 내가 아버지를 얼마나 사랑하고 있는지 알잖니."

"그럼요, 엄마."

"가엾은 내 아들아." 백작부인은 눈물을 흘리면서 말했지요. "이런 불행이 일어난 것은 허위 비방 때문이야. 나쁜 사람들이 탐욕을 채우려는 목적에서 네 아버지와 나를 떼어놓으려고 이간질했단다. 그들은 우리 재산을 빼앗아서 자기들이 차지하려고 하는 거야. 만약 아버지가 건강했다면 우리 사이에 존재하는 불화는 곧 없어졌을 거고, 내가 말하는 것도 들을 수 있었을 거야. 네 아버지는 선량하고 다정한 사람이니까 자기 잘못도

깨닫게 되었을 테지. 그런데 분별력이 없어졌어. 나에 대해서 갖고 있던 편견이 하나의 고정관념, 일종의 광기처럼 되고 만 거야. 그건 그 병의 결과란다. 네 아버지가 너만을 특별히 편애하게 된 것도 머리에 이상이 생겼다는 또 다른 증거야. 병이 나기 전만 해도 네 아버지가 폴린과 조르주보다 너를 더 사랑한다는 걸 전혀 눈치채지 못했지 않니. 지금 그이에게는 모든 것이 변덕스러워. 그이가 너에게 쏟는 애정은 괴상한 생각을 불어넣을 수 있어. 얘야, 아버지가 네게 어떤 일의 지시를 내릴 수도 있는 거야. 만일 네 가족을 파산시키고 싶지 않다면, 나의 천사야, 여느 날 거지처럼 빵을 구걸하는 네 엄마를 보고 싶지 않다면, 모든 것을 말해줘야……."

"아! 아!" 백작이 소리쳤습니다. 문을 활짝 열어젖히면서 갑자기 모습을 드러낸 것인데, 거의 알몸이나 다름없이, 이미 해골처럼 마르고 앙상했습니다. 이 희미한 외침은 백작부인에게 공포스러운 충격을 주었지요. 그 여자는 멍하니 꼼짝도 하지 못하고 그곳에 서 있었습니다. 남편이 너무 가냘프고 창백한 얼굴을 하고 있었기 때문에 마치 무덤에서 나온 것 같았던 겁니다.

"당신은 내 인생을 괴로움으로 가득 채웠지. 그런데 당신은 나를 마음 놓고 죽지도 못하게 할 작정이오? 당신은 내 아들의 마음을 타락시키고 그를 비도덕적인 인간으로 만들 작정이오?" 그는 쉰 목소리로 소리쳤지요.

백작부인은 인생 최후의 격한 흥분 때문에 보기에도 흉측한 모습이 된 이 죽어가는 남자의 발밑에 몸을 던지고 그 위에 비 오듯 눈물을 쏟았지요.

"용서를! 용서를!" 그 여자는 외쳤지요.

"당신은 내게 연민을 가졌던 적이 있소?" 그가 물었지요. "나는 당신이 당신 재산을 모두 탕진하는 걸 내버려두었소. 그런데 이제는 내 재산을 탕진하고 내 아들을 파산시킬 작정인 거요!"

"좋아요. 그래요. 내게는 동정을 베풀지 말고 단호해지세요." 그녀가 말했습니다. "하지만 자식들에게는 안 돼요! 당신의 과부에게는 수녀원에서 살라고 선고하세요. 난 복종하겠어요. 당신 앞에서 저지른 내 죄를 씻기 위해서 당신이 명령하는 것이라면 다 하겠어요. 그러나 자식들은 행복하도록! 오! 애들은! 애들만은!"

"나한테는 아들 하나밖에 없소!" 백작이 절망에 찬 몸짓으로 앙상한 두 팔을 아들 쪽으로 내밀면서 대답했습니다.

"용서해주세요! 뉘우치고 있어요. 뉘우치고 있어요……!" 백작부인은 죽어가는 남편의 땀에 젖어 축축한 다리를 붙잡으면서 소리쳤지요. 그 여자는 흐느껴 우느라고 말을 할 수가 없었습니다. 애매하고 맥락 없는 말만이 그 불타는 듯한 목구멍에서 나올 뿐이었지요.

"에르네스트에게 그 말을 하고 나서 어떻게 뉘우쳤다고 그런 소리를 입 밖에 낼 수가 있소!"

죽어가는 병자는 그렇게 말하고 발을 움직여서 백작부인을 밀쳐냈습니다.

"당신은 나를 얼어붙게 하는군!" 그는 냉담한 어조로 덧붙여 말했지요. 그 속에는 뭔지 모를 섬뜩함이 있었습니다. "당신은 나쁜 딸이었고, 나쁜 아내였소. 당신은 나쁜 어미가 될 거요."

그 가련한 여자는 실신했답니다. 죽어가는 사람은 자기 침대로 돌아와서 거기에 누웠는데, 몇 시간 후에는 의식을 잃고 말았습니다. 사제들이 성사를 집행하러 왔지요. 그가 숨을 거둔 것은 한밤중이었습니다. 그날 아침의 부부 싸움으로 남아 있던 힘을 소진하고 말았던 겁니다. 나는 파파 곱세크와 함께 자정에 도착했지요. 집안이 혼란스러웠던 바람에 우리는 쉽사리 고인의 침실 옆에 있는 자그마한 살롱까지 들어갔습니다. 거기에는 세 명의 자식이 시신 곁에서 밤을 밝히기로 되어 있는 두 사제 사이에서 울고 있었습니다. 에르네스트는 나에게 다가와서 자기 어머니는 백작의 방에 홀로 있고 싶어 한다고

말했지요.

"들어가지 마십시오!" 그 어조나 몸짓에도 기특한 모습을 보이며 그가 말했지요. "기도하고 계십니다."

곱세크는 그의 독특한 버릇대로 소리를 내지 않고 웃었지만, 나는 에르네스트의 아이다운 얼굴에 넘치는 감정에 너무 마음이 움직였기 때문에 저 구두쇠의 조소에 공감할 수가 없었습니다. 그래도 우리가 방문 쪽으로 향하는 것을 보자 소년은 달려가더니 몸을 문에 갖다 대고 소리쳤습니다.

"엄마, 여기 검은 옷을 입은 사람들이 엄마를 찾고 있어요!"

곱세크는 소년을 마치 새털을 치우듯이 가볍게 밀치고 문을 열었습니다. 어떤 광경이 우리 눈앞에 보였겠습니까! 방 안은 그야말로 끔찍한 난장판이었지요. 절망 때문에 머리카락을 흩뜨리고, 눈을 번뜩이는 백작부인이 의류와 서류와 누더기가 뒤죽박죽된 가운데에 망연자실해 서 있었습니다. 죽은 사람 앞에서 벌어진 이 무질서는 보기조차 무서웠지요. 백작이 숨을 거두자 곧 그의 아내는 책상과 모든 서랍을 강제로 열었습니다. 그 여자가 서 있는 카펫 주위에는 그 잔해들이 여기저기 널려 있었지요. 몇몇 가구와 서류 가방들은 부서지고, 어디나 할 것 없이 그녀의 대담한 손자국이 남아 있었습니다. 아마 처음에는 그 여자의 수색이 헛된 일이었던 모양입니다. 마침내 최후에는 그녀가 비밀 서류들을 발견했다는 것이 그녀의 태도와 흥분 상태로 미뤄 짐작할 수 있었습니다. 나는 침대 위를 흘끗 보았고, 사건에 익숙한 사람의 본능에서, 무슨 일이 일어났는지를 간파할 수 있었습니다. 백작의 시체는 침대와 벽의 틈새 바닥에 있었고 코를 매트리스 쪽으로 침대와 거의 직각의 방향을 마주한 채 마치 땅에 떨어져 있는 서류 봉투와 똑같이 아무렇게나 내던져져 있었습니다. 이제는 그도 역시 한 장의 봉투와 같은 껍데기에 지나지 않았기 때문이지요. 경직되어 잘 구부러지지 않는 사지는 기괴할 정도로 무서운 느낌을 주고 있었지요.

죽어가는 남자는 반대증서를 분명 베개 밑에다 감추었던 모양입니다. 자기가 죽을 때까지는 그것을 안전하게 지킬 수 있다고 기대했겠지요. 백작부인은 남편의 생각을 짐작했을 겁니다. 그것은 적어도 그의 마지막 죽어가는 몸짓으로, 갈고리 모양으로 굽은 손가락의 경련에 의해 기록된 것처럼 보였습니다. 베개는 침대 발치에 내던져져 있었고, 그 위에 백작부인의 발자국이 나 있었지요. 그리고 바로 그 여자의 발밑에서 나는 여러 곳에 백작의 문장으로 봉인한 종이 한 장을 보았습니다. 나는 잽싸게 그것을 집어 들었고, 그 내용물은 나에게 건네야 한다는 것을 가리키는 수취인 성명을 읽었습니다. 나는 마치 범죄자를 심문하는 재판관처럼 예리하고 준엄한 시선으로 백작부인을 응시했습니다. 벽난로의 불길이 서류를 집어삼키고 있었습니다. 우리가 오는 소리를 듣고 백작부인은 그것들을 불속에 던진 것이었는데, 내가 그녀의 자식들에게 유리하도록 조언한 최초의 조항을 읽고서 아이들로부터 재산을 빼앗는 유언서라고 잘못 생각하면서 그것을 없애버리려고 했던 겁니다. 양심의 가책과 죄를 저지른 사람들에게 그 죄로 인해 생기는 걷잡을 수 없는 공포는 그녀가 사고력을 움직이는 것을 불가능하게 만든 겁니다. 자기가 들켰다는 것을 알고서 그 여자는 어쩌면 교수대의 모습이 눈앞에 떠오르고, 사형집행인의 불에 달군 쇠가 느껴졌을지도 모르지요. 그 여자는 숨을 가쁘게 쉬면서 우리의 첫마디를 기다리며, 얼빠진 사람의 눈으로 우리를 쳐다보고 있었지요.

"아, 부인." 나는 벽난로에서 아직 불길에 닿지 않은 종잇조각을 끄집어내면서 소리쳤습니다. "당신은 당신 아이들을 파산시켰어요! 이 서류는 그들의 소유 증서였는데요."

백작부인은 마치 중풍을 맞은 것처럼 입을 씰룩거렸습니다.

"헤, 헤!" 곱세크는 외쳤는데, 그 소리는 마치 대리석 판 위에 구리로 된 촛대를 끌 때 나는 삐걱대는 소리 같았지요. 잠시 말이 없다가 노인은 조용한 어조로 나에게 말했습니다.

"그렇다면 자네는 내가 백작이 매각한 재산의 정당한 소유자는 아니라고 백작부인에게 믿게 할 작정인가? 지금 이 순간부터 이 집은 내 것이네."

곤봉으로 갑자기 머리를 한 대 맞았다 해도 이 정도의 아픔과 놀라움은 없었을 겁니다. 백작부인은 내가 고리대금업자에게 던진 망설이는 시선을 포착했습니다.

"선생님! 선생님!" 그 여자는 다른 말을 찾지 못하고 그를 향해서 말했습니다.

"당신은 신탁유산증여 서류를 갖고 있는 건가요?" 나는 그에게 물었지요.

"그럴 수 있지."

"그럼 부인이 저지른 죄를 악용할 작정인가요?"

"그렇지."

나는 남편의 침대 귀퉁이에 앉아 뜨거운 눈물을 흘리고 있는 백작부인을 그대로 두고 그 방에서 나왔습니다. 그때 곱세크는 내 뒤를 따라 나왔지요. 거리로 나와, 나는 그와 헤어졌습니다. 하지만 내 쪽으로 다가온 그가 사람의 마음을 꿰뚫어 보려 할 때의 그런 의미심장한 시선으로 나를 보고 나서 플루트 같은 소리로 말했습니다. 그 말의 어조는 날카로웠지요.

"자네도 나를 비난하겠다는 건가?"

그때부터 우리는 거의 만나지 않았습니다. 곱세크는 백작의 저택을 남에게 임대했으며, 여름은 영지에서 대부분을 보냈는데, 거기서 영주 노릇을 하며 농장을 짓고 제분소와 도로를 수리하고 나무를 심기도 했답니다. 어느 날 나는 튈르리 공원의 작은 길에서 그를 만났지요.

"백작부인은 영웅과 같은 생활을 하고 있습니다." 나는 그에게 말했습니다. "자식들의 교육에 전념해서 자식들을 완벽하게 키웠습니다. 큰아들은 호감 가는 청년이지요……."

"그럴 수 있겠지."

"그런데요," 나는 계속 말했습니다. "에르네스트를 도와주면 안 됩니까?

"에르네스트를 도와주라고?" 곱세크는 소리쳤습니다. "아니, 그런 것은 하지 않겠네! 불행은 우리의 가장 위대한 선생이지. 불행은 그에게 돈의 가치, 남성들과 여성들의 가치를 가르쳐줄 거네. 파리의 바다를 항해하는 것이 좋아! 그래서 훌륭한 항해사가 되면 우리는 그에게 선박을 한 척 선사할 거야."

나는 이 이야기의 의미를 생각해보려고도 하지 않고 그와 헤어졌습니다. 비록 드 레스토 씨는 그의 어머니로부터 나에 대한 혐오를 주입받고 있었기 때문에 나에게 상담하는 건 생각도 하지 않았을 테지만, 나는 지난주에 곱세크의 집을 찾아갔지요. 나는 에르네스트가 카미유 양을 사랑하고 있다는 사실을 알리고, 젊은 백작이 성년이 된 이상, 그에게 위탁된 임무를 수행하라고 재촉했습니다. 연로한 어음할인업자는 오래전부터 자리에서 일어나지 못했고, 분명 그의 목숨을 앗아 갈지도 모를 병으로 고생하고 있었습니다. 그는 자기가 일어나서 일하게 될 때까지로 답변을 연기했지만, 의심할 바 없이 그는 자기에게 조금이라도 삶의 불꽃이 타고 있는 한 자기 재산의 극히 적은 부분이라 하더라도 그것과 떨어지려고 하지 않았을 겁니다. 그의 늑장 부리는 답변에서 그 이외에 다른 이유를 찾을 수 없었지요.

나는 그가 자신이 생각하는 것보다도 훨씬 더 심각하게 앓고 있다는 것을 알 수 있었습니다. 그래서 그의 곁에 매우 오랫동안 앉아 있었던 거고, 나이가 들면서 일종의 광신으로 변모된 정념의 진행 과정을 알아챌 수 있었습니다. 자기가 사는 집에 아무도 없게 하려고 그는 건물 전체를 빌려 그것을 다시 임대하는 대표 임차인이 되었고, 다른 방은 모두 비워두고 있었습니다. 그가 지내고 있는 방은 아무것도 변한 것이 없었지요. 내가 16년 전부터 잘 알고 있는 가구류는 마치 유리 케이스에 보관해두었나 하고 생각할 정도로 전과 똑같았습니다. 연로해진 충실한 문지기 여자는 어떤 상이군인과 결혼해서, 그녀가 곱세크의 거처에 들어가 있는 동안은 그 남자가 문지기를 대신

하였지만, 그녀는 변함없이 그의 가정부이며, 그의 비밀을 알고 있는 상대이고, 누구든 그를 만나러 오는 사람의 안내역이며, 또한 그 옆에서는 간호부의 역할도 하고 있었지요. 매우 허약해졌음에도 불구하고 곱세크는 아직도 직접 손님과 만나기도 하고, 수입을 챙기기도 했지요. 그러나 그는 자기 사무를 훨씬 간소화하였기 때문에 밖에 무슨 일이 있을 때는 그 상이군인에게 약간의 용무를 시키는 정도로 충분한 것이었습니다.

프랑스가 아이티공화국을 승인하는 조약을 맺을 때[76], 곱세크는 생도맹그[77]에 있는 오래된 재산의 상태와 보상금이 귀속하는 식민지 개척자나 그 권리 승계자에 대한 지식이 있었기 때문에, 그들의 권리를 청산하거나 아이티공화국이 지급하게 될 금액을 분배하기 위해 설립된 위원회의 위원으로 임명되었었지요. 곱세크의 천재성은 식민지 개척자나 그 상속자들의 채권 할인을 위한 중개 대리점을 고안하게 했지요. 그것은 베르브뤼스트와 지고네의 명의로 했는데, 곱세크는 자기 자본을 한 푼도 출자하지 않고 동업자들과 이익을 나누게 된 겁니다. 그의 지식이 출자금을 대신하게 되었으니까요. 이 대리점은 사정

76 아이티는 1679년 이래 프랑스의 식민지였지만, 1820년 아이티공화국으로 정식으로 독립하였고, 1825년 프랑스도 1억 1천만 프랑의 보상금을 조건으로 독립을 승인한다.

77 아이티의 옛 이름.

을 모르는 사람이나 의심이 많은 사람 혹은 이 권리에 이의가 제기될지도 모르는 사람의 채권을 짜내게 되는 일종의 증류소 같았습니다.

청산인으로서 곱세크는 큰 규모의 소유권자와 교섭하는 방법을 알고 있었지요. 그들은 자신들의 권리를 높이 평가받으려고 혹은 그 권리를 신속하게 인정받으려고 자기들의 재산 정도에 맞는 증정품을 그에게 보내왔던 겁니다. 곱세크에게는 이 선물들이 자신의 것으로 할 수 없는 금액에 대한 일종의 할인이 되었지요. 그리고 그의 대리점은 소액 채권과 의심스러운 채권 혹은 공화국의 불확실한 지급을 기다리기보다는 다만 얼마 안 되는 보상금이라도 즉시 받는 편이 좋겠다고 생각하는 사람들의 채권을 아주 싼 가격으로 그에게 넘겼습니다. 곱세크는 결국 이런 큰 사업의 만족할 줄 모르는 보아 뱀이 된 겁니다. 매일 아침 그는 공물을 받았는데, 인도의 대부호 대신이 특별 사면장에 서명하는 결심을 하기 전에 바라보는 것처럼 그것들을 곁눈질로 들여다보았지요. 곱세크는 어느 빈한한 자의 손잡이 없는 광주리를 비롯해 양심적인 사람들의 양초 꾸러미들까지, 부자들의 식기류에서 투기꾼들의 금제 담뱃갑에 이르기까지 모든 걸 다 받았지요. 연로한 고리대금업자한테 온 이러한 선물이 어찌 되는지는 아무도 몰랐습니다. 그의 집으로 모든 것이 들어왔지만, 거기서 나가는 건 아무것도 없었으니까요.

"맹세하라면 하겠어요." 나와 오래전부터 잘 아는 사이가 된 문지기 여자는 말했습니다. "내 생각에는 그이가 모두 다 삼켜버리는 것 같아요. 그러면서도 조금도 살찌지 않아요. 우리 집 벽시계에서 우는 뻐꾸기처럼 깡말라가고 있다니까요."

마침내 지난 월요일에 곱세크는 상이군인에게 나를 불러오라 시켰지요. 그는 내 사무실로 들어오면서 이렇게 말했습니다.

"데르빌 씨, 빨리 오십시오. 집주인이 마지막 해명을 하고 싶어 합니다. 레몬처럼 노랗게 돼서 당신하고 말하고 싶어 안절부절못하고 있습니다. 금방이라도 죽을 것 같아요. 임종할 때의 헐떡거림이 목구멍까지 와 있어요."

죽어가는 사람의 방으로 들어갔을 때, 나는 그가 벽난로 앞에 무릎을 꿇고 있는 현장을 목격했지요. 거기에는 불이 없었지만, 어쨌든 엄청난 잿더미가 있었습니다. 곱세크는 침대에서 거기까지 기어갔던 겁니다. 되돌아가 누울 힘도 없었지만, 소리를 치는 것도 불가능했지요.

"옛 친구여!" 나는 그를 일으키고 침대까지 데려다주면서 말했지요. "추웠을 텐데요. 어째서 불을 피우지 않은 겁니까?"

"하나도 춥지 않네." 그는 말했지요. "불은 필요 없어! 불은 필요 없어! 젊은이, 나는 어디인지 알 수 없는 곳으로 가네." 그는 생기 없고 힘없는 마지막 시선을 나에게 던지며 말을 계속했지요. "바로 여기서 떠나가는 거지! 나는 카르폴로지[78]를 하네." 그는 자신의 지성이 아직 얼마나 명석하고 정확한지를 알려주는 용어를 사용하면서 말했지요. "나는 이 방이 실물의 금으로 가득 찬 거로 보여, 그것을 그러모으려고 일어났었네. 내 보물, 모두 누구한테로 갈 것인가? 나는 그것을 정부에 주지는 않겠네. 내가 유언장을 작성했으니, 그것을 찾아주게나, 그로티우스. 라 벨 올랑데즈에게는 딸이 하나 있네. 비비엔 거리의 어딘가에서 저녁에 본 적이 있지. 라 토르필[79]로 불렸던 걸로 생각되는데, 사랑의 여신처럼 아름다웠네. 그 아이를 찾아주겠나, 그로티우스? 자네는 나의 유언집행인이야. 가지고 싶은 것을 모두 가지게나. 마음대로 먹어도 좋네. 푸아그라 파이도 있고, 커피 포대도 있고, 설탕도, 금숟가락도 있네. 오디오[80]의 식기 세트가 있으니 그걸 자네 아내에게 주게. 그런데 다이아몬

78 무의식적으로 무언가를 잡으려고 하는 손짓 또는 헛손질.

79 『창녀의 영광과 비참』의 주인공 뤼시앙 드 뤼방프레의 연인 에스텔 반 곱세크를 가리킨다.

80 유명한 금은 세공사의 이름.

드는 누구에게 주면 좋겠는가? 자네, 담배 좋아하나? 나한테는 담배들이 많아. 그걸 함부르크에 가져다 팔게. 절반은 더 벌 수 있어. 그래, 나에게는 무엇이든지 있네. 그런데 그것들과 헤어져야 한다니!

자, 파파 곱세크" 하고 그는 자신에게 말했습니다. "무기력하게 굴어서는 안 돼, 정신 차려."

그는 침대에서 몸을 일으켰는데, 그의 형상은 마치 청동으로 주조된 것처럼 베개 위에 선명하게 그려졌습니다. 그는 야윈 팔과 뼈가 앙상한 손가락을 담요 위에 내밀고 자신을 지탱하기라도 하는 것처럼 그것을 움켜잡았습니다. 그리고 금속과 같은 자기 눈과 똑 닮은 차디찬 벽난로를 바라보았고, 분명한 의식 상태에서 사망했습니다. 레티에르는 〈부르투스의 자식들의 죽음〉[81]이라는 그림 속에 원로원 사람들 뒤에서 주의 깊은 눈을 하고 있는 로마의 노인들을 묘사하고 있는데, 그때의 곱세크의 얼굴은 문지기 여자와 상이군인 그리고 나의 눈에는 마치 그 노인처럼 보였습니다.

"정말 겁이 없는 죽음이네, 이 연로한 사나이는!" 상이군인이 군인식 언어로 내게 말했습니다. 그런데 나에게는 죽어가

81 신고전주의파 화가 기욤 레티에르가 1814년 살롱전에 출품한 〈자식들에게 죽음을 선고하는 부르투스〉를 가리킨다.

는 사람이 자기 재산을 하나하나 세었던 어처구니없는 열거가 여전히 쟁쟁하게 울리고 있었고, 그의 눈을 따라간 나의 시선은 잿더미 위에 다다랐는데, 그 크기에 놀랐지요. 내가 부지깽이를 손으로 집어 들고서 잿더미 속에 그걸 밀어 넣자 금과 은 뭉치에 부딪혔습니다. 그것은 분명 그가 병을 앓던 동안에 들어온 수입으로, 몸이 약해져서 감출 수가 없었거나 혹은 불신의 생각에 사로잡혀서 은행에 맡기는 것이 불가능했던 것이겠지요.

"빨리 치안판사 사무실로 달려가세요!" 나는 상이군인에게 말하였지요. "여기에 있는 모든 것을 봉인시켜야 하니까!"

곱세크의 마지막 말과 문지기 여자한테서 최근에 들은 이야기에 문득 스치는 것이 있어서, 나는 2층과 3층의 방 열쇠들을 가지고 그 방들 안을 보러 갔지요. 첫 번째 방을 열었을 때, 엉뚱하다고 생각했던 그의 이야기가 설명되었습니다. 거기에서 보았던 것은 탐욕의 마지막 단계로, 시골의 수전노에게서 곧잘 그 예를 볼 수 있는 이 탐욕에는 비논리적인 본능밖에 남아 있지 않지요. 곱세크가 숨을 거둔 방의 바로 옆방에는 썩은 파이와 온갖 종류의 식료품, 심지어 뽀얗게 곰팡이가 덮인 어패류와 생선까지 있어서, 그 잡다한 악취 때문에 나는 하마터면 질식할 뻔했습니다. 사방에 구더기와 벌레들이 우글우글했지요.

이 최근의 선물 가운데에는 온갖 형태의 궤짝과 홍차가 든 함, 커피가 든 포대가 섞여 있었습니다. 벽난로 위의 은제 수프 접시 속에는 르아브르[82] 항구에 그의 이름으로 위탁된 상품의 도착 통지서가 들어 있었지요. 그 목록은 솜 보따리와 설탕 통과 럼주 통, 커피, 인디고 물감, 담배 등, 그러니까 식민지 산물의 시장 그 자체였어요! 이 방 안에는 가구와 은식기, 램프, 그림, 꽃병, 책, 액자에 들어 있지 않고 둘둘 말려 있는 아름다운 판화, 골동품이 여기저기 마구 놓여 있었습니다. 이와 같은 대량의 값나가는 물건은 아마 전부 선물이 아니라, 그중에는 지불되지 않았기 때문에 그의 수중에 들어온 저당물도 포함되어 있을 겁니다. 나는 가문의 문장과 이니셜이 새겨진 보석함들, 고급 식탁보 세트, 귀중한 물건임에도 이름표를 뗀 무기를 보았습니다. 위치를 움직인 듯한 책이 있어서 그 책을 펼쳐보자, 그 안에서 1천 프랑짜리 몇 장도 발견했습니다. 렘브란트의 붓에 버금가는 이 네덜란드 사람이 그렇게도 정열적으로 추구했던 저 황금을 찾아내기 위해서, 나는 사소한 것들까지도 하나하나 주의 깊게 살피고, 마루 밑과 천장, 벽과 벽의 돋을무늬 장식도 탐색하겠다고 결심했지요. 나는 법률가로서 살면서 이와 같은

82 북부 노르망디 지방의 항구도시.

탐욕과 기이한 소행의 마지막 단계를 본 적이 없습니다. 그의 방으로 되돌아왔을 때, 나는 그의 사무 책상 위에서 점점 커진 이 엉망진창과 그 모든 부의 축적에 대한 실마리를 찾았습니다. 서류 파일 안에 곱세크가 자기 선물들을 일상적으로 팔곤 했던 상인들과 주고받은 편지들이 있었습니다. 상인들이 곱세크의 계략에 희생이 되었던 건지 혹은 곱세크가 그 농산물 혹은 세공품에 터무니없는 값을 매겼던 건지는 알 수 없지만, 어떤 흥정도 성사되지 않고 있었습니다. 그는 저축된 자기의 식료품을 슈베[83]에 팔지 않았는데, 그것은 슈베가 30% 할인된 가격으로만 그것들을 되사려고 했었기 때문이지요. 곱세크는 몇 프랑의 차이를 가지고 왈가왈부했고, 언쟁하고 있는 동안 상품은 상해버린 겁니다. 은식기에 대해서는 곱세크가 운반비 부담을 거절했기 때문이었죠. 커피에 대해서는 운송 중의 감손분을 보전해주려 하지 않았습니다. 요컨대 모든 물품이 이의 제기의 대상이 되었던 것인데, 그것은 곱세크에게 있어서는 강렬한 정념이 지성을 이긴 노인 모두에게 찾아오는 그런 유치함과 그런 이해할 수 없는 완고함의 최초 징후를 드러낸 겁니다. 나는 그가 자문했던 것처럼 나 자신에게 물었지요. '이 재산은 전부 누

83 당시 팔레루아얄에 있던 일류 식료품점.

구한테로 갈 것인가……?' 그러고 나서 그가 유일한 상속인 여성에 대해서 가르쳐주었던 기묘한 정보를 떠올리자, 어떤 불량한 계집에게 막대한 재산을 넘겨주려고 파리의 풍기 문란한 시설을 모조리 뒤지는 것이 내 의무가 되었지요. 그러나 무엇보다도 먼저 알려드리고 싶은 것은 정식 증서에 의해서 에르네스트 드 레스토 백작은 며칠 안에 재산을 소유하게 된다는 것입니다. 그 정도의 재산이 있으면 모친인 드 레스토 백작부인과 남동생 그리고 누이에게 충분한 지참금과 몫을 설정한 후라도 백작은 카미유 양과 결혼하는 것이 가능할 겁니다."

"그렇다면, 친애하는 데르빌 씨, 우리도 그 혼담을 생각해보도록 하지요." 드 그랑리외 부인은 대답했다. "분명 에르네스트 씨에게는 그 모친을 우리 같은 집안에서 받아들여도 창피하지 않을 정도로 충분한 재산이 있겠지요. 내 아들은 어느 날엔가 드 그랑리외 백작이 될 거라는 사실도 생각해주세요. 그 애는 드 그랑리외 양쪽 가문의 재산을 혼자서 상속하게 될 거니까요. 그에 어울리는 매형을 갖게 하고 싶은 거예요."

"그렇지만," 드 보른 백작이 말했다. "레스토가의 문장은 붉은 바탕에 오른쪽 위에서 왼쪽 아래로 은으로 된 가는 띠가 달리고, 각각 검은 십자가 달린 금으로 된 방패가 나란히 네 개 있는 매우 유서 깊은 문장이야."

"그 말은 맞아요." 자작부인은 말했다. "그렇다 치면 카미유는 그 문장에 새겨진 'RES TUTA'[84]라는 명구를 저버린 시어머니와 만나지 않아도 되겠는걸요."

"드 보세앙 부인[85]은 드 레스토 부인을 초대했었는걸." 연로한 외삼촌이 말했다.

"에이! 대연회였으니까 그렇지요." 자작부인이 응수했다.

1830년 1월 파리에서.

84 라틴어로 '잘 지켜진 것'이라는 의미. '레스토'와 발음이 유사하다.

85 포부르 생제르맹의 유서 깊은 대귀족의 부인.

오노레 드 발자크Honoré de Balzac(1799~1850)는 18세기를 마감하고 19세기를 맞이하는 해인 1799년, 프랑스의 중서부 투르에서 평민 출신 베르나르 프랑수아 발사Bernard François Balssa의 아들로 태어났다. 익명의 작가를 시작으로 인쇄업자와 출판업자, 신문 평론가를 거쳤고 1830년을 전기로 하여 본격적으로 소설가로 활동했다. 거대한 총서 『인간희극』을 기획 · 출판하고, 1850년 파리에서 생을 마감했다.

우선 『인간희극』이 어떤 총서인지 간략하게 살펴보자. 알려진 대로 발자크는 『인간희극La Comédie humaine』을 단테의 『신곡La Divina Commedia』에 버금가는 작품으로 만들고자 했다. '작가는 시대의 비서'라는 발자크의 표현에 따르면 어떤 사회인가에 따라서 어떤 작품을 쓰는지가 결정된다고 할 수 있을 것이다. 단테의 『신곡』, 즉 '신의 희곡'은 중세 봉건제의 필연적인 표현이고, 발자크의 『인간희극』, 즉 '인간의 희곡'은 개인적 인간에 대한 관심사가 지배적이던 부르주아 시대의 표현이라고 할 수 있다.

발자크는 연극 용어들을 사용해 『인간희극』을 "풍속은 스펙티클이고 원인은 무대 뒤와 장치입니다. 원칙, 그것은 작가입니다"라고 설명하고 있다. 이렇듯 발자크의 소설 개념에는 어떤 극적인 차원이 늘 존재하고 있다. '무대들scènes'은 "어떤 운명의 매듭과 전환점에서의 주요 순간들", 즉 "운명이 형성되고 방향이 달라지며, 사랑, 돈, 성공, 실패, 죽음이 분배되는 인생의 중요한 에피소드들"[1]을 의미한다. 이렇듯 발자크는 실생활에서 일어나는 일련의 사건들을 현재 '장면', '정경', '무대' 등으로 번역되고 있는 'scène'이라는 용어를 사용해 제시함으로써 독자로 하여금 무대 앞의 관객으로서 그 사건들에 참여하도록 유도한다.

『인간희극』: 총 137편 중 87편 완성

1부 풍속 연구(사회적 결과): 1~105 중 63편 완성

1 Annette Rosa, Isabelle Tournier, *Balzac*, A. Colin, "Thèmes et œuvres", 1992, p. 135.

1. 사생활 장면Scène de la Vie Privée 28편

2. 지방 생활 장면Scène de la Vie de Province 11편

3. 파리 생활 장면Scène de la Vie Parisienne 15편

4. 정치 생활 장면Scène de la Vie Politique 4편

5. 군인 생활 장면Scène de la Vie Militaire 2편

6. 시골 생활 장면Scène de la Vie de Campagne 3편

2부 철학 연구(원인): 106~132 중 22편 완성

3부 분석 연구(원칙): 133~137 중 2편 완성

위에서 보듯이 『인간희극』은 '사회 연구'를 표방하면서, 1부 '풍속 연구', 2부 '철학 연구', 3부 '분석 연구'로 나뉜다. '풍속 연구'는 모든 사회적 결과들이, '철학 연구'는 감정의 원인과 인생의 목표가, '분석 연구'는 원칙이 토대가 된다. '풍속 연구'는 또다시 '사생활 장면', '지방 생활 장면', '파리 생활 장면', '정치 생활 장면', '군인 생활 장면', '시골 생활 장면'으로 구성된다. 이 각각의 하위 제목 아래 작품들이 시리즈를 이룬다.

『인간희극』은 애초에 총서를 염두에 두고 체계적으로 실행에 옮긴 계획이 아니다. 또한 체계적인 소개를 위해 뒤늦게 소설들을 재정비한 순수한 편집 작업도 아니다. 『인간희극』은 건축에 비유되곤 한다. 즉 각기 자체의 체계를 갖춘 완성 조각들

(이미 완성된 소설들)과 향후 완성될 조각들(앞으로 집필할 소설들)이 서로 유기적으로 구축되는 일종의 커다란 모자이크라는 것이다.

『인간희극』의 모자이크 완성을 향해 발자크는 계속해서 일종의 실험처럼 각 작품을 이곳에 넣었다가 또다시 다른 곳에 배치하기도 한다. 사람들은 『인간희극』의 독서를 가리켜 발자크의 우주를 항해한다고 표현하기도 한다. 『인간희극』은 일종의 우주이며 그 안의 작품들은 행성들이라서 각 행성(작품)은 자유롭게 움직이지만 결국 커다란 우주(『인간희극』)의 구성원일 수밖에 없기 때문이다. 하지만 발자크는 이 총서의 구축을 끝내 완수하지 못하고 실험 중이던 『인간희극』을 미완성으로 독자들에게 남겨둔 채 사망하고 만다.

그러나 발자크는 그의 문학작품과 함께 현존하고 있다. 사실 발자크는 『잃어버린 환상』(1836)의 서문에서, 역사의 시간은 지워지며 인간들은 사라지고, 작가만이 살아남으며 작품만이 남게 된다고 기술했다. 이와 같은 발자크의 염원과 확신은 특히 문학 교육에서 확인할 수 있다. 19세기 후반, 발자크는 19세기 전반기를 대표하는 작가로 프랑스 문학 교육의 장에 등록된다. 이때부터 이전과는 달리 대중의 호의도 얻기 시작한다. 대학에서는 연구 대상이 되고, 중등교사 자격시험의 필독

도서 목록에도 포함된다. 대학 비평은 그를 '고전적 사실주의'이자 '낭만주의'의 전형으로 평가하기에 이른다.

1895년, 랑송의 교육용 도서 『오노레 드 발자크의 선별 작품들』이 처음으로 출간되었다. 그 작품들은 다름 아닌 『외제니 그랑데Eugénie Grandet』와 『고리오 영감Le Père Goriot』이었다. 발자크는 이 두 작품과 함께 고전 작가의 대열에 들어가게 된 것이다. 조엘 글레즈는 『발자크 비평』[2]에서, 『외제니 그랑데』와 『고리오 영감』은 발자크를 대표하는 작품임에는 틀림없다고 밝히고 있다. 그러나 동시에 『인간희극』을 대표하는 이 두 작품은 오히려 『잃어버린 환상Illusions perdues』, 『나귀 가죽La Peau de chagrin』 등 여러 다른 훌륭한 작품들을 비롯해서 발자크의 작품 전체(『연극Théâtre』, 『우스개 이야기들Contes drolatiques』, 『잡다한 작품들Oeuvres diverses』, 『서한문Correspondance』 등)를 가리는 역할을 하고 있다고 지적한다.

19세기 말 이래 사실상 프랑스 교육 과정의 공식 프로그램으로 채택된 두 작품 『외제니 그랑데』와 『고리오 영감』은 총서에서 분리되어 출판되는 횟수가 다른 소설들에 비해 월등히 많은 불후의 명작으로 인정받는다. 게다가 다른 언어로도 가

2 이 책은 발자크와 그의 작품에 대한 비평의 총결산을 일목요연하게 제시하고 있다. Joëlle Gleize, *Balzac. Bilan critique*, Nathan, (coll. 128), 1994. [『발자크 비평』, 이정민 옮김, 동문선, 2005.]

장 많이 번역 · 소개되어 세계적으로 명작의 자리를 굳건히 지키고 있다. 그러나 부작용도 있었다. 대다수 고등학생들은 발자크 작품에 대해 과다한 묘사 때문에 지루하고 재미없다는 이미지를 떠올린다. 또한 대학에서도 학생들이 발자크 작품의 독서는 쉽지 않다고 외면하는 경향이 목격되기도 한다. 그렇지만 19세기 이래 현재까지 발자크의 작품들은 총서로, 또 분권들(특히 문고판)로 끊임없이 출판되고, 독자층을 유지 · (재)형성해 가고 있다. 발자크는 세계문학사에 분명하고 커다란 획을 그었음이 분명하다.

'돈', '욕망', '물욕'이라는 주제는 '현대사회'와 마찬가지로 '사회 연구'를 표방하는 총서 『인간희극』의 중요한 부분을 차지하고 있다. 이와 관련해서 발자크는 『인간희극』 내 다수의 소설에 고리대금업자와 은행가 등 금융인을 등장인물로 반복해서 사용하며 다양한 주제의 소설에서 그들의 직업을 상기시키곤 한다. 특히 『곱세크』라는 이 고리대금업자 관찰기는 독자들에게 발자크의 또 다른 면모를 보여주는 작품으로서 독특한 경험을 제공할 것이다.

*

『곱세크』의 주인공은 장에스테르 반 곱세크라는 고리대금업자로, '구두쇠'이고 '어음'과 '황금'의 화신이다. 서구에서 고리대금업자의 가장 대표적인 소설 인물로는 16세기 셰익스피어의 샤일록과 더불어 19세기 발자크의 곱세크를 꼽을 수 있다. 발자크는 이 인물의 이름 자체를 소설의 제목으로 삼았다. 이는 독자들의 관심을 '곱세크'에 집중시키는 효과를 낳을 뿐만 아니라, 주인공의 직업을 둘러싼 돈(자본)의 이야기가 작품의 주제와 밀접하게 연관되어 있음을 보여준다.

곱세크는 『인간희극』에 속한 소설 14편에 등장하는 인물이며 악인으로 분류된다. 『고리오 영감』의 악인 보트랭조차 곱세크에 대해 "제 아비의 뼈로 도미노 놀이패라도 만들 수 있을 지독한 녀석"이라고 표현하며, 『세자르 비로토[César Birotteau]』에서는 "마치 파리의 형리가 의사이듯이 은행가", "재정의 단두대"로 묘사된다. 그런데 『곱세크』를 읽어보면 이러한 이미지는 고리대금업자인 곱세크라는 표상의 한 부분일 뿐 그의 전체적인 표상과 일치하지 않는다는 점을 발견하게 된다.

실제로 발자크는 이 소설에서 곱세크라는 인물을 하나의 전형으로 정식화하지 않았다. 오히려 독자들에게 그를 모순되고 상충하는 인물로, "구두쇠와 철학자, 왜소한 인간과 위대한 인간"으로 소개한다. 독자들은 곱세크라는 인물의 모호함과 불가해성에 직면하게 되고, 더불어 고리대금업자이면서 금융가-자본가가 쥐락펴락하는 돈(자본)의 위력을 발견하게 될 것이다. 그는 고리대금업자인 동시에 '원칙'이 있는 자본가로 소개되고 있기 때문이다.

역사적으로 19세기 초에는 '자본' 개념의 변동이 시작된다. 이 급격한 변동이 일어나는 과정에 대해서는 『곱세크』 이후에 출간된 『뉘싱겐 은행La Maison Nucingen』(1838)에서 볼 수 있다. 차츰 자본은 파리의 쇼세당탱 거리의 대은행가들의 수중으로 집중되고, 그때부터 시중에서 사용되는 자본 개념이 인정받게 된다. 발자크가 『곱세크』를 집필하던 시기였던 1830년 7월 혁명 이전에 이미 자본과 돈이 분리되기 시작했으며, 이러한 움직임은 아직 가시화되지는 않았지만 발자크의 상상의 산물인 문학의 세계에 이미 도입되기 시작했던 것이다.

『곱세크』에는 고리로 돈놀이를 하는 유대인, 야만인, 채무자를 파산시키는 고리대금업자의 상투적인 표상뿐만 아니라, 현대적인 의미의 '돈', 즉 '자본'의 가치와 그것을 운용하는 자본가의 표상이 다각적으로 드러나 있다. 또한 말년의 투기적인 자본가라는 모순되고 상충하는 곱세크도 발견하게 된다. 그래서 필립 베르티에는 자신이 주해한 『곱세크』 서문에서 이 작품은 장차 발자크 세계의 독창성을 만들 모든 것을 잠재적으로 내포하고 있는 일종의 '중대한 농축물'이라고 쓰고 있다.

『곱세크』의 창작 여정

『곱세크』는 『인간희극』을 구성하는 작품 중 하나이면서, 독립된 완결 구조를 지니는 중편소설이다. 곱세크 이야기는 『인간희극』의 하위 제목 '사생활 장면'에서 목격되는 사생활 이야기임이 분명하다. 그러나 주의 깊은 독자들은 '파파 곱세크' 주변에서 일어나는 이 이야기를 『19세기 풍속 연구』의 하위 제목 '파리 생활 장면'에 위치한 파리의 현대 비극으로 간주할 수도 있을 것이다. 이 작품이 드러내는 이와 같은 복합적인 측면에 대해서는 작품의 창작 여정을 참고할 필요가 있다.

현재 우리가 읽고 있는 『곱세크』는 1830년 7월 혁명 이전의 작품으로 알려져 있지만, 최종판은 1842년에 출판된 『인간희극』에 자리 잡은 결정본이다. 이 결정본에 이르기까지 제목을 달리했던 여러 판본이 존재한다.

줄거리의 초안은 1830년 3월 6일 잡지 『라 모드』에 실린 「고리대금업자L'Usurier」라는 콩트이다. 발자크는 그다음 달에 이 글을 바탕으로, '고리대금업자', '소송대리인', '남편의 죽음'이라는 세 개의 소제목을 단 단편소설 『방탕의 위험』을 '이야기 속의 이야기들' 형식으로 출간한다. 그 후 이 소설은 1835년에

『파파 곱세크』로, 1842년에 『곱세크』로 출판된다. 즉, '고리대금업자(초안) → 방탕의 위험(초판) → 파파 곱세크(수정본) → 곱세크(결정본)'로 제목이 여러 번 바뀐 것이다.

1. 초판 1830년 4월 13일 『방탕의 위험Les Dangers de l'inconduite』
2. 수정본 1835년 『19세기 풍속 연구』의 하위 제목 '파리 생활 장면'에 위치한 『파파 곱세크Papa Gobseck』
3. 결정본 1842년 『인간희극』의 하위 제목 '사생활 장면'에 자리 잡은 『곱세크Gobseck』

이처럼 제목을 달리하는 세 판본 모두 줄거리와 '이야기 속의 이야기'라는 형식은 같지만, 그 내용은 수정되고 가필되었다. 1830년 초판 『방탕의 위험』은 『파파 곱세크』를 위해서 대대적으로 수정되고 가필되었고, 결정본 『곱세크』는 『파파 곱세크』를 거의 그대로 따르고 있다. 1835년의 수정본에서 가장 눈에 띄는 부분들은 우선 등장인물들의 신원에 가해진 수정 사항들이고, 다음으로 상당 분량의 증보에 따른 그 내용의 가필 사항들이다.

등장인물의 신원에 관해 살펴보면, 발자크의 다른 작품들과 잘 어울리도록 등장인물들의 이름이 수정되었다. 그중 대표적인 수정 사항은 '에밀 M.Emile M.'이라 표시되었던 소송대리인에게 데르빌이라는 명칭을, 드 레스토 백작부인을 망하게 하는 연인으로 묘사된 익명의 백작에게 막심 드 트라유라는 이름을, 드 레스토 백작부인한테는 『고리오 영감』의 큰딸 아나스타지라는 이름을 부여한 것이다.

사실 발자크 글쓰기에 있어 1835년은 의미가 매우 깊다. 바로 이해에 『고리오 영감』을 시작으로 다른 작품에 이미 등장했던 인물을 재등장시키면서 자신의 여러 소설과 연결할 것을 구상했기 때문이다. 이는 이후에 구축될 총서 『인간희극』의 모태가 되는 『19세기 풍속 연구』에서 이미 구체화하여 그 모습을 드러냈고, 『파파 곱세크』는 이 『19세기 풍속 연구』의 하위 제목 '파리 생활 장면'으로 분류되어 출판되었다. 최종적으로 『곱세크』는 『인간희극』의 '사생활 장면'의 주요 작품들과 함께 자리하게 된다.

내용에 관한 증보를 살펴보면, 초판 『방탕의 위험』에 비해 1835년 수정본 『파파 곱세크』는 대략 3분의 1가량이 늘어났다. 특히 '이야기 속의 이야기들' 가운데 '이야기 3'에 대한 대폭적인 증보가 있었다. 이 두 텍스트 사이에는 '1830년 1월 파리에서'[3] 발자크에 의해 창안되어 소설화된 인물의 상충된 면모가 발견된다. 즉, 전자와 달리 후자의 고리대금업자 곱세크는 원칙이 있는 자본가와도 같은데, 거기에다가 명철한 철학자의 면모까지 부가해서 묘사된 후, 말년에 탐욕에 눈먼 투기꾼으로 변모된 점이 눈에 띈다. 이러한 면모는 곱세크의 불가해성을 한층 더 배가한다.

『곱세크』 이야기

이 작품에서 주요 등장인물이면서 동시에 화자인 데르빌은 젊은 시절 멘토였던 고리대금업자 곱세크와 드 레스토 백작 가정 사이에서 일어났던 소설 같은 사건에 관해 이야기한다. 이 이야기 속 이야기는 왕정복고 시기인 1816~1830년에 진행되지만, 단 하룻밤 동안 데르빌의 입을 통해 전해진다. 즉 '이야기 속의 이야기들(격자 이야기)' 구성이며, 화자는 직접화법으로 세 명의 청자와 독자에게 이야기를 전한다.

『곱세크』 이야기 속의 이야기는 다음과 같다.

서두 1829년에서 1830년으로 넘어가는 겨울 어느 날 드 그랑리외 자작부인은 에르네스트 드 레스토 백작을 향한 딸의 처신이 걱정되어 그녀를 나무란다.

3 발자크는 맨 마지막에 써넣은 이 배서를 최종판까지 수정 없이 유지한다.

이야기 1 데르빌은 1816년 자신의 청년 시절에 겪은 이웃 곱세크와의 만남과 그 친분을 이야기하고, 고리대금업자인 곱세크의 과거를 이야기한다. 또 곱세크라는 인물을 설명하고, 곱세크가 자신에게 해준 이야기(지급기일과 액수가 같은 두 개의 어음을 수금하기 위해 아나스타지 드 레스토 백작부인과 파니 말보에게 갔던 에피소드)를 그대로 전한다.

중단

이야기 2 1816~1820년 데르빌은 법대 졸업 후 법률사무소에서 3년간 서기 생활을 하고 난 뒤, 곱세크의 대부로 소송대리인 권리를 사고, 사무소를 차린다. 데르빌은 1820년에 드 레스토, 드 트라유, 곱세크 사이에서 일어난 다이아몬드 저당 에피소드에 대해서 실제 함께했던 증인으로서 이야기한다.

중단

이야기 3 1820~1824년 드 레스토 백작은 쇠락해가고, 백작부인은 데르빌의 접촉을 차단한다. 1824년 겨울 드 레스토 백작이 죽고, 백작부인이 유서를 찾기 위해 백작의 방을 무질서하게 뒤진다. 1824~1829년 곱세크는 부호가 된다. 1829년 말 곱세크는 산더미처럼 쌓인 선물이 부패해가는 방 바로 옆, 자신의 방에서 죽는다. 데르빌이 서술자이자 화자로서 이야기한다.

종결부 서두와 같은, 1829년에서 1830년으로 넘어가는 겨울 어느 날 드 그랑리외 자작부인은 안심한다.

주된 줄거리는 '고리대금업자 곱세크'의 기형적인 물욕이라는 자본 축적에 관한 이야기임에 틀림없지만, 동시에 『인간희극』의 대표적이고 양심적인 법률가 데르빌의 이야기이며, 또한 '방탕의 위험'에 놓인 여성(고리오 영감의 큰딸 아나스타지 드 레스토 백작부인)의 이야기이기도 하다. 전체적으로 작품 속 이야기의 화자가 청자에게 비밀스러운 이야기를 풀어가는데, 그 문체는 간략하고 힘차다. 그리고 텍스트상의 표면적인 절제가 이야기 구조의 다양한 층위에서 발견된다. 발자크의 다른 소설들에 비해 지나치다 싶을 만큼 장황한 묘사가 적고 작가의 개입이 절제되어 있는 반면, 화자가 세 가지 이야기를 직접 전달한다.

소송대리인 데르빌은 발자크를 대신한다. 발자크처럼 본래 관찰하기를 좋아하는 그는 취급하는 사건들에서 인간의 욕망이 특별하게 불타는 것을 보게 되면 언제나 거기에 (『인간희극』에서 보게 되는) '부지불식간의 분석적인 정신'을 집중한다. 데르빌은 화자이자 그 스스로가 등장인물이므로, 작가는 가능하면 개입하지 않는다. 텍스트 내에서 소설적인 연속성이 깨지지 않도록 설명하고 해설하며, 때에 따라서는 해명된 사실에 근거해서 '진실인 듯이' 추측하는 이도 데르빌이다. 발자크는 '인간들과 사물들의 숨겨진 면에 대한 기발한 탐험'을 데르빌의 입을 통해서 실행하고 있다.

서두

『곱세크』의 첫 문장은 다음과 같이 시작한다.

> 1829년에서 1830년에 이르는 겨울 어느 날 새벽 1시, 드 그랑리외 자작부인의 살롱에는 가족 이외의 사람이 아직 두 명 남아 있었다. 괘종시계가 시간을 알리는 소리를 듣고 그중 한 명인 젊은 미남자는 그 자리를 떠났다. 그를 태운 마차 소리가 안뜰에서 울렸을 때 자작부인은 남아 있는 사람이 피케 카드의 승부를 결정지으려고 애쓰고 있는 자기 오빠와 가족의 친구 한 명밖에 없는 것을 보고서 딸 쪽으로 다가갔다. 딸은 살롱의 벽난로 앞에 서서 리토파니 램프 갓을 살피는 것 같았지만 실은 떠나가는 카브리올레 마차 소리에 귀를 기울이고 있었는데, 그 태도가 어머니를 걱정시킬 만했다.

1829년에서 1830년에 이르는 겨울 새벽 1시, 드 그랑리외 자작부인의 살롱이라는 시간과 장소, 즉 새로운 해로 진입하는 시간과 당시 사교계에서 가장 영향력이 있다는 귀족 부인의 살롱은 독자가 곧 듣게 될 이야기의 은밀하고 비밀스러운 측면을 강조하고 있다. 드 그랑리외 자작부인은 그 재산과 유서 깊은 가문의 이름으로 왕정복고기(1814~1830년)에 포부르 생제르맹이라는 귀족 진영에서 가장 유력한 부인 중 한 사람이다.

이 살롱의 '단골손님'으로 초대되는 소송대리인 데르빌이 화자로 개입하면서 무일푼의 젊은 청년 에르네스트 드 레스토 백작과 관련된 이야기들이 전개된다. 드 그랑리외 자작부인의 딸 카미유가 에르네스트를 향한 사랑을 키우고 있었기 때문이다. 발자크는 장편소설에서 보이는 작가의 전지전능함을 여기 중편소설의 화자에게 전적으로 위임한다.

> 그러니까 그녀[드 그랑리외 자작부인]의 집에서 파리의 일개 소송대리인이 부인과 그리도 친근하게 말을 나누고 자유분방한 태도로 처신하는 것이 정상적이지 않은 것처럼 보임에도 불구하고, 이 놀라운 일을 설명하기란 쉽다.

발자크는 이야기의 서두에서 데르빌에 대한 그의 신용을 분명하게 밝히고 있다.

> 소송대리인은 매우 성실한 데다가 박식하고 겸손하고 또한 점잖아서 허물없이 드나드는 가족의 친구가 되었다. 드 그랑리외 부인에 대한 행위로 인해 포부르 생제르맹의 가장 유서 깊은 가문들의 존경을 받고, 또한 그들을 고객으로 하는 기반을 얻었음에도 그는 이러한 호의를 야심가가 하는 것처럼 이용하지 않았다.

발자크는 『곱세크』 이야기 속의 이야기를 시작하기 전, 독자에게 데르빌의 양심적인 인간성과 그의 성실함과 정직함을 설명하고 있는데, 왕정복고 시대의 역사적, 사회적, 경제적인 측면이 모두 함께 고려되고 있다. 1814년 12월의 루이 18세의 왕령(혁명가들에 의해서 몰수되었으나 국가에 의해 매각되지 않은 재산을 귀족들에게 돌려주라)은 상당수의 분쟁을 일으켰다. 이 왕령이 의도했던 바는 루이 18세가 다수의 귀족을 자신의 충실한 지지자로 복권시키면서, 대혁명 시기 왕족과 귀족에게 가해진 일들을 바로잡고자 한 것이었다. 그러나 '매각되지 않은 재산'이 문제였는데, 그 재산이 공유지에 해당할 수도, 왕가의 영지에 위치할 수도, 혹은 공공기관에 이미 기부된 재산에 해당될 수도 있기 때문이었다.

이러한 시기에 데르빌이 드 그랑리외 자작부인의 재산 복원 사건을 수임하여 소송대리인의 능숙하고 뛰어난 솜씨로 왕정을 상대로 승리한 것이다. 이 소송에서 그가 보인 행동은 귀족 진영으로부터 찬사를 받지만 데르빌은 "자기의 재능이 드 그랑리외 부인과 관련된 사건에의 헌신으로 빛을 보았다는 사실을 무척 행복하게 생각했는데, 그러지 않았다면 사무소가 파산했을지도 모르기 때문이다. 그에게는 다른 어떤 소송대리인의 근성이란 것이 없었다." 달리 말해 데르빌은 인간적인 마음을 지니고 있어서 기성의 무질서와 타협하지 않는 인물이다.

파파 곱세크

이렇게 작가의 권위를 위임받은 데르빌은 드 그랑리외 가족에게 그의 인생에서 겪은 하나의 소설 같은 이야기를 소개하게 된다.

> "이 사건은," 데르빌은 잠시 말을 멈추었다가 계속했다. "내 인생에서 딱 한 번 소설적이었던 시기의 것을 생각나게 하는군요. 벌써들 웃으시네요." 그가 다시 말했다. "그렇기도 하지요, 소송대리인이 자기 인생의 소설에 관해 이야기하는 걸 들

자니까! 하지만 다른 모든 사람과 마찬가지로 나에게도 스물 다섯 살의 시절이 있었거든요. 그리고 그 시절에 나는 벌써 기이한 사실들을 보았지요. 우선 당신들이 전혀 알 수 없는 한 인물에 관해 이야기를 시작해야겠네요. 이 이야기는 어느 고리대금업자에 관한 것입니다."

물론 소설 전체적으로 드 레스토 백작 가문과 연관된 사건이 일관되게 전개되고 있지만, 그럼에도 소설의 제목처럼 소설의 기본 내용을 이루는 것은 '고리대금업자' 곱세크라는 인물에 관한 이야기이다.

고리대금업자의 역할은 어떤 사건이나 상황 속에 처해 있는 타인들과의 관계 속에서만 존재할 수밖에 없다. 그의 희생자들인 고객들은 "반어법이든 아니면 조롱이든지 간에" 곱세크를 "파파 곱세크"라고 불렀으며, 데르빌도 이 호칭을 사용한다. 그런데 데르빌의 이 호칭은 일반적으로 친근한 중년 이상의 남자에게 사용하는 호칭 '파파'를 의미했다. 이 노인이 교제하고 있던 사람은, 사회적으로 말하자면, 데르빌이 유일했기 때문이다. 독자는 데르빌이 갖고 있는 이중의 신임을 발견하게 된다. "이러한 신뢰의 표시는 4년간의 이웃 생활과 나의 신중한 품행의 열매라고 볼 수 있었지요. 돈이 없었기 때문에 내 생활도 그와 비슷하기도 했었고요." 즉, 작가의 신임을 넘겨받은 화자 데르빌에게는 이렇게 누구도 알 수 없는 곱세크와 서로 왕래하고 이야기를 나눌 수 있는 신뢰의 관계가 있었다.

화자는 이야기의 주인공을 묘사하려고 시도한다. 사실 사진술이 창안되기 이전 시대의 청자들로서는 곱세크라는 고리대금업자가 도대체 어떤 모습인지 그리고 무슨 생각을 하는 인물인지 전혀 알 수가 없다. 우선 발자크는 이 인물을 언어로 지시하려고 한다. 즉, 데르빌의 입을 빌려 곱세크에게 '어음 인간', '모형 인간'이라는 신조어를 부여한다. 그러나 이 조어로도 곱세크를 전부 설명할 수가 없다. 데르빌은 (살롱의 청자들과 독자들을 동시에 겨냥하는) 청자들에게 질문하고 대답한다.

"그토록 창백하고 생기 없는 얼굴을 당신들이 알 수 있을까요? 아카데미의 허락을 받을 수 있다면 나는 달 같은 얼굴이라고 이름을 붙이고 싶은데요, 마치 금도금한 은의 그 도금을 벗긴 은과 닮았답니다. 그 고리대금업자는 곱슬곱슬하지 않은 곧은 머리카락들을 정성 들여 빗어 넘겼는데 희끗희끗한 은백색을 띠고 있었습니다. 마치 탈레랑의 것만큼이나 꿈쩍도 하지 않는 냉정한 얼굴 윤곽은 청동으로 주조된 것처럼 보였지요. 꼭 족제비눈처럼 노랗고 작은 눈은 눈썹이 거의 없었는데, 그는 햇빛을 싫어했었지요."

이렇듯 곱세크의 형상은 뭔가 음산하고 불가사의하게 전달된다. 발자크가 이탤릭체로 강조한 '달 같은'이라는 형용사의 함의는 음산함과 관련되어 있다. 데르빌이 말하는 아카데미는 『아카데미 프랑세즈 사전』을 편찬하는 프랑스 한림원의 한 기관이며, 이 사전(6판, 1835년)은 달에 해당하는 형용사 'lunaire'의 본래 의미만을 수용하고 있다. 즉, 달처럼 둥근 얼굴이 아니라, 낮에 빛나는 해와 비교되는, 밤에 빛나는 달을 의미한다. 그리고 역사적 인물인 탈레랑의 불가사의한 면모와도 관계가 있는데, 주교였던 탈레랑은 프랑스대혁명과 나폴레옹 시대를 거쳐 왕정복고, 루이필리프 통치에 이르기까지 격동기에 줄곧 고위 관직을 지낸, 변신에 탁월하고, 냉철한 권모술수로 평생 권력과 돈을 손에 쥐었던 인물을 지시하고 있다. 뛰어난 외교술과 끈질긴 정치 생명력의 소유자라는 불가사의한 인물로써, 곱세크라는 인물과 그 형상에 대한 불가해성을 독자들에게 전달하고 있다. 또한 당대 독자들에게 알려져 있는 미국 작가 쿠퍼의 소설 '가죽 양말 시리즈'의 이국적인 주인공을 끌어옴으로써 그야말로 다른 말로는 묘사하기가 어렵다는 것을 나타내기도 한다.

데르빌은 이렇게 묘사하기 어려운 곱세크를 다른 측면에서도 설명하고 있는데, 특히 문제가 될 정도로 알 수 없는 것은 그의 나이였다. "나이에 비해 늙어 보이는 건지 혹은 언제나 젊어 보이도록 젊음을 잘 관리하는 건지 도저히 알 수가 없었어요." 곱세크가 도대체 무슨 생각을 하는지도 알 수 없었고, 남자인지 여자인지 도무지 성의 구분조차 의문시될 정도여서, 데르빌은 만일 고리대금업자들이 곱세크와 비슷하다고 가정한다면 그들 모두가 '중성'일 거라고 생각한다고 말한다.

그리고 곱세크의 종교적 견해에 대해서도 아는 것이 전혀 없다. "그는 계속해서 자기 어머니의 종교를 충실히 지키고 있어서 기독교도들을 먹잇감으로 보고 있는 걸까요? 아니면 가톨릭교나 이슬람교, 브라만교 혹은 루터 신교로 개종한 걸까요?" 데르빌은 자문자답하며 무신론자라기보다는 종교 자체에 무관심한 사람 같다고 고백한다. 또한 곱세크의 묘한 매력에 이끌려 그에 대해 분석하고자 했지만 결국 그의 속내는 마지막 순간까지 아득한 비밀로 남아 있다고 토로한다. 이처럼 곱세크의 유일한 이웃이자 서로 신뢰하는 사이인 데르빌의 눈으로도 곱세크가 어떤 사람인지를 분명히 밝히는 데에는 실패한다.

그럼에도 불구하고 데르빌의 눈앞에서 곱세크가 스스로 "황금의 힘을 구현"하고 있으며, '현대적인 자본가'의 권력도 그의 수중에 있다는 점은 분명하다. 곱세크는 자본주의 사회에서 돈이 거래되는 과정의 내막을 잘 알고 있으며, 돈거래와 관련된 치부와 그 방법들에 대해서도 정통해 있다. 이 모든 과정은 그의 네트워크를 통해서 가능한 것이다. 발자크가 상상하는 권력의 이미지를 제공하는 것이 바로 '비밀 모임'으로서, 그것은 『인간희극』의 이야기들에서 볼 수 있는 것처럼 권력을 지닌 일종의 비밀결사를 말한다. 퐁뇌프 다리 근처의 카페에서 곱세크 주변으로 모이는 고리대금업자들 열 명은 "모두 조용하고 알려지지 않는 왕들"로 "검은 장부"를 갖고 "운명의 결정권을 쥐고 있는 자들"이다. 이들은 이름이 꽤나 알려져 있는 가문 대부분의 비밀과 그들이 벌이는 사업에 대한 정보를 파악하고 있으며 법조계, 재계, 정계의 인물들, 고위 관리, 거대 상인들, 상류사회의 청년들과 노름꾼들, 유명 배우들, 예술가들을 세력하에 두고 감시한다. 이와 같은 네트워크의 막강한 정보력과 그 힘을 갖추고 있는 곱세크는 부를 축적하는 수단으로서의 돈거래에는 거침이 없다. 게다가 그에게는 또 다른 눈이 있다. "내 눈은 하느님의 눈과 같아서 마음속을 읽는다니까. 내 눈앞에서는 아무것도 숨겨지지 않지." 그는 일반 사람들이 볼 수 없는 것을 본다.

황금의 힘을 구현하는 곱세크

곱세크는 이처럼 인간의 세상을 내려다볼 줄 아는 또 다른 시선을 소유하고 있다. 이에 대해서 연구가들은 판본들의 차이를 지적하며 발자크가 사람들이 보지 못한 삶들을 창조하는 힘이 1830년 당시에는 아직은 부족했다고 말한다. 발자크는 1830년대의 초안 「고리대금업자」와 초판 『방탕의 위험』에서 우리가 볼 수 있는 것들을 그려내고 있는 반면, 그 이후 텍스트에 행한 수정과 보완에 의해서 곱세크를 의미 있는 인물로 변모시킨다.

우리가 현재 읽고 있는 『곱세크』(1842년 결정본)는 몇몇 수정 외에는 『파파 곱세크』(1835년 수정본)를 그대로 유지하고 있다. 이 텍스트에서 곱세크는 역량 있는 인물로 변모되는데, 일종의 철학자로서 인생과 사람들을 판단하고 있다. 그런데 데르빌이 청자에게 그대로 전하는 곱세크의 기다란 독백[4]은 사실 어떤 과정을 거쳐 곱세크가 철학자의 면모를 갖추게 되었는지를 구체적으로 알려주지 않는다. 이 독백에 따르면, 곱세크는 과거에 대단한 모험가였던 시절이 있고 해적질을 한 적도 있으며 온갖 종류의 경험을 했을 거라고 단지 유추할 수 있을 뿐

4 1835년 판본에 추가로 삽입된 중요한 부분이다. "자네는 젊네. (…) 세상은 내게 아무런 영향력도 끼치지 못하는 거라네."

이다.

소설에 명시되지는 않았지만 추정해보면 곱세크는 1740년에 태어났다. 어머니에 의해 열 살 때인 1750년에 소년 수습 선원 자격으로 배에 태워진 후 20년간을 서인도에서 '떠돌아다닌' 곱세크는 1770년부터는 아메리카의 대서양 쪽에서도 모험적인 일을 계속했다. 이러한 그의 경험과 인맥은 말년에 그가 보인 프랑스 식민지와 관련된 투기꾼으로의 변모를 '있음직한' 사실이 되게 한다. 이로 인해 곱세크는 세상에는 오직 하나의 힘만이 존재한다는 사실을 알게 되었다고 설명한다. 그것은 다름 아닌 돈의 힘, 인간의 모든 정념을 빨아들이는 돈의 힘이다.

결국 곱세크는 "인생이라는 것을 그들이 보고 있는 곳보다 좀 더 높은 곳에서 보도록 하세"라고 말하면서, 그 스스로 인간들을 불쌍히 여기는 시선을 인간들 너머 저 위에 위치시킨다. 그것은 앞에서 스스로를 표현했던 '하느님의 눈'이라기보다는 일종의 '현자의 시선'으로 보인다. 이 놀라운 고백을 통해 데르빌의 눈에는 환상적인 인물로 보였을 그는 세상의 허영심, 예술의 허영심, 과학의 허영심 등 인간의 모든 허영심을 알아본다.

"오늘날 자네들 세상의 사회적 이해관계들로 확대된 그 모든 인간적 열정은 평온 속에 살고 있는 내 앞에 퍼레이드를 하러 온다네."

마치 관객처럼 이와 같은 퍼레이드의 무대를 주시하는 곱세크는 거기서 신이 누릴 만한 최고의 '향락'을 발견한다. 또한 인간들이 뒤좇는 돈의 주인이기도 한 그는 매일 인간이 겪는 위기의 극을 상연시키며 그 극의 예술가로, 애호가로, 소설가로 활동한다. 데르빌의 입을 통해 전해지는 곱세크의 말은 청자에 대한 배려 없이 장황하게 진행된다. '1830년 1월 파리에서' 창조된 것이 아닌 1835년 수정본의 창안물인 이와 같은 장문의 독백은 『인간희극』의 '사생활 장면' 가운데 『고리오 영감』(1835)에서 표명했던 보트랭의 이론과 상호텍스트적으로 쓰였을 가능성을 유추하게 한다.

부르주아 사회에서 황금으로 대표되는 돈이 인간 성격에 끼치는 영향력에 관한 문제를 다룬 『외제니 그랑데』나 『고리오 영감』에서도 그렇지만, 『곱세크』에서도 돈이 지배하는 사회와 그에 대한 욕망이라는 문제는 단순하지 않다.

곱세크가 상대하는 사람들은 크게 네 개의 사회적 부류로 나뉜다. 첫 번째는 드 레스토 가문처럼 하락 국면에 있는 귀족, 두 번째는 기생충 같은 댄디인 막심 드 트라유 백작처럼 곱세크에게 사기를 치려는 불량한 고객들, 세 번째는 학생인 데르빌처럼 상승 국면에 있는 프티부르주아, 마지막 네 번째는 데르빌과 결혼하는 파니 양으로 상징화될 수 있는 노동자 계급이다. 곱세크는 특히 일하지 않고 무위도식하는 계급과 대립한다.

> '저 사람들을 내 집으로 오게 하는 것이 바로 이거였군. 저 사람들에게 수백만의 돈을 모른 척 도적질하고, 자기 조국을 배신하게 부추기는 것이 바로 이거였어. 대귀족이나 혹은 그 흉내를 내는 자들은, 제 발로 걷다가 흙투성이가 되지 않으려고 애쓰다가 오히려 진흙탕 물을 온몸에 뒤집어쓰게 되는 거야.'

곱세크는 재산가의 보호자로서 자유주의적 상태의 사회적 기능을 고발한다.

> '네 사치의 대가를 지불해라. 이름의 대가를 지불해라. 행복의 대가를 지불해라. 너만이 즐기고 있는 독점료를 지불해라. 부자들은 재산을 보호하기 위해서 법정과 재판관과 저 단두대까지 만들었지. 아무것도 모르는 자들이 가까이 다가가서

몸을 태우고 마는 일종의 촛불과도 같은 것이야. 그러나 비단 이불을 뒤집어쓰고 자고 있는 너희들에게도 양심의 가책이 있고, 미소 아래에 숨겨진 이갈이가 있지. 그리고 너희들 심장을 덥석 물고 늘어지는, 엄청난 사자의 아가리가 있는 거야.'

이런 말을 하는 고리대금업자 곱세크는 '풍부한 예견 능력'을 소유하고 있다. 그는 데르빌에게 드 레스토 백작부인을 찾아가서 어음 결제를 요구하고 나오던 중에 마주쳤던 막심 드 트라유 백작에 대한 인상을 전한다.

"나는 이 표정을 보고 백작부인의 앞날을 읽을 수 있었네. 금발에 냉정하고 인정 없는 노름꾼인 이 미남자는 머지않아 파산하고, 백작부인을 파산시킬 것이고, 그 여자의 남편을 파산시킬 것이며, 그 자식들을 파산시키고, 자식들의 몫도 먹어치울 거네. 그리고 아마 적의 한 연대에 곡사포의 포격이 일으키는 것보다 더 많은 피해를 파리의 사교계를 통해서 만들어낼 테지."

곱세크의 이 말은 초판의 제목 '방탕의 위험'이 암시하는 이후의 모든 전개를 내포하고 있다. 데르빌은 드 레스토 백작에게 부인의 방탕한 생활로부터 가문의 미래를 지키기 위해서 그의 재산을 곱세크에게 '신탁유상증여'로 비밀리에 맡기라고 충고한다.

"파파 곱세크는 자기 행동을 규제하고 있는 원리를 마음속 깊이 확신하고 있는 사람입니다. 그에 따르면, 돈이라는 것은 하나의 상품이므로, 때에 따라 싸게도 혹은 비싸게도, 아무런 양심의 거리낌 없이, 팔 수 있다는 겁니다. 그가 보기에 대부업자란 자기 돈에 대하여 높은 이자를 요구하므로, 이윤을 추구하는 기업이나 투기에 미리 출자자로 참가하는 사람이라는 것입니다. 그의 금융상의 견해와 인간 본성에 대한 철학적인 관찰이 그에게 외견상 고리대금업자와 같은 행동을 하도록 하지만, 그것을 제외하면, 일단 일에서 떨어진 그는 파리 전체에서 가장 섬세하고 정직한 사람이라고 나는 내심 확신하고 있어요. 그의 몸 안에는 두 종류의 인간이 존재하고 있습니다. 구두쇠와 철학자, 왜소한 인간과 위대한 인간입니다. 만약 내가 어린애들을 남겨놓고 죽는 일이 있다면 그를 그 애들의 후견인으로 정할 겁니다. 이것이 지금까지의 경험에 기초해서 내가 아는 곱세크의 모습입니다."

신탁유상증여(fidéicommis. 라틴어 fidei commissum에서 유래. 문자 그대로 '믿는 사람 손에 남긴'이라는 뜻)는 제3의 인물에게 재산을 넘기는 법적 조항을 말한다. 거기에는 일정한 기간 후 혹은 이 인물이 사망할 때, 모든 재산을 선택한 상속인에게 반환한다는 비밀 조항이 준비된다. 이런 특성을 이용해 드 레스토 백작은 아내를 상속에서 배제하고 자신의 유일한 아들(에르네스트)이 상속하도록 준비한다. 이 거래가 효력이 있으려면 문서 안에 유언자의 실제 의도인 '반대증서'를 지정해야 한다.

드 레스토 백작은 데르빌의 충고를 따랐고, 곱세크는 외면상으로 드 레스토 백작을 파산시킨다. 1789년 대혁명 이후 곡물 장사로 부르주아가 된 고리오 영감의 딸 아나스타지와 앙시앵레짐의 귀족 계급인 드 레스토 백작의 결합은 역설적으로 왕정복고 시대에 서서히 무너져가는 것이다. 마치 무관심이라는 부동의 동상 같은, 금융가이며 철학자인 곱세크 앞에서 드 레스토 가문의 드라마가 진행된다. 이 드라마의 무대 뒤편에는 파멸을 뜻하는 고리대금업자, 돈의 힘을 표상하는 '그 어떤 것에도 마음이 움직이는 법이 없는, 지옥에 의해 빚어진 인간'인 피도 눈물도 없는 곱세크가 존재한다. 그는 희로애락의 감정이 없는 사람이며 감정 없는 계산은 늘 승리한다. 그리고 이 둘 간의 대비는 개인의 재산을 파산시키는 인간의 욕망 놀이를 더욱 돋보이게 한다.

결국 이 비쩍 마르고 자그마한 노인은 데르빌의 눈에 실제보다 더 커 보였고, 공포감을 일으킬 정도가 된다. 곱세크는 데르빌의 눈앞에서 “황금의 힘을 구현하는 터무니없이 환상적인 인물로 변모”했기 때문이다. 그렇지만 발자크는 ‘결국 모든 것이 돈으로 결말이 날 거라는 건가?’라고 의아스럽게 생각하며 잠 못 이루던 데르빌을 통해서 돈이 지배하는 사회에 오염되지 않은 젊은이의 표상을 변함없이 유지하고 있다.

탐욕에 눈먼 자본가

그런데 발자크는 이렇게 곱세크에게 부여한 금융가-철학자의 면모를 그로부터 제거해버린다. 즉 종결부에서 갑작스럽게 모순되고 상충하는, 이해하기 어려운 인물로 변화시킨다. 원래 초판 『방탕의 위험』에서 곱세크는 드 레스토 백작이 죽은 후 자신의 ‘고리 대부 자본’을 드 레스토 백작의 토지 자본에 투자하고, 고리대금업자에서 ‘생산적인 자본가’로 변신한다. 그 결과, 드 레스토 가문의 농업 생산력을 향상시키는 데 성공한다. 파파 곱세크는 백작의 저택에서 지내며, 영지에서 여름을 보내고, 영주가 되어 새로이 적응하는 바람직한 상류 지도층의 모습을 유토피아적으로 그려 보인다. 그는 농장을 짓고,

방앗간과 도로를 재정비하고, 나무들을 심는다. 고리대금업을 그만두고는 하원의원에 임명되기까지 해서 '곱세크 남작'으로 만들자는 칭송까지 들을 정도였다. 그런데 5년 후의 『파파 곱세크』에서 이 인물이 변모한다. 현대적인 자본가가 돌연히 상투적으로 표현되는 인색한 고리대금업자로 되돌아가는 것이다.

이 변화는 놀라운 점이라서, 발자크 연구가들은 어째서 그리고 어떤 목적으로 발자크가 1835년 8월에 이 소설을 수정했는지 의문을 제기한다. 이에 대한 설명은 텍스트 외적인 측면과 내적인 측면 양쪽으로 이루어지고 있다. 한편으로는, 사회역사적인 측면에서, 잘 알려진 대로 발자크가 표명해왔던 낭만적이고 일정 정도 유토피아적인 사상적 견해에 대한 1830년 이후의 변화에 따른 것으로 본다. 다른 한편으로는, 텍스트 자체의 내적인 문제가 그 이유로 지적된다. 물론 제목의 지시 효과를 보면 알 수 있듯이, 『방탕의 위험』에는 사실 하나의 커다란 결점이 보인다. 드 레스토 부인이 주요 등장인물이 되어야 할 이야기에 초안 「고리대금업자」를 통째로 삽입하면서 곱세크한테 지나치게 큰 자리를 내주게 되었기 때문이다. 즉 줄거리를 구성하는 데 있어 도대체 어떤 인물을 중심으로 이루어지는지가 명확하지 않게 되는 문제점이 야기된 것이다. 고리대금업자의 인물 묘사가 과다했고, 드 레스토 가문에서 진행되는 드라마의 주요 인물도 아니면서 곱세크는 늘 현존한다. 그럼에도 불구하고 곱세크는 『방탕의 위험』의 주인공이 될 수 없으며, 그의 인물됨 또한 충분한 일관성이 결여되어 있었다. 결정적으로 곱세크가 이 이야기의 마지막에 가서 "고리대금업이라는 직업을 그만두었을 때 왜곡되었다"고 B. 라랑드는 지적한다. 바로 이러한 점들이 이 텍스트의 내적인 미학적 결점이며, 이 때문에 발자크가 텍스트를 손질했을 것이라고 추론된다.

그러나 이와 아울러 다른 측면의 요인들도 살펴보아야 할 것이다. 데르빌이 설명했던 곱세크의 불가해성 가운데 하나인 그의 나이를 떠올려보도록 하자. 데르빌은 세 번째 이야기에서 곱세크의 죽음 이후인 1829년 말경에야 그가 89세의 노인임을 알게 되었다고 토로한다. 바로 이 세 번째 이야기의 마지막에 발자크는 이 '금융가-철학자'를 인색한 고리대금업자로 되돌릴뿐더러 거기에 더해 노화 증상을 보이는 비이성적인 사람으로 변모시킨다. 그는 "큰 사업의 만족할 줄 모르는 보아 뱀이 된" 것이다. 돈이 되는 거라면 무엇이든 관여하게 된 곱세크는 가난한 사람의 "손잡이 없는 광주리를 비롯해 양심적인 사람들의 양초 꾸러미들까지, 부자들의 식기류에서 투기꾼들의 금제 담뱃갑에 이르기까지 모든 걸 다" 받았다.

냉철한 '금융가-철학자' 시절에는 그의 방 안 모든 것이 정리 정돈이 잘 되어 있었다. 그와는 달리 '탐욕에 눈먼' '투기 자본가'가 된 말년에는 그의 방 안 모든 것이 무질서하다. 저당물이건 선물이건 모두 어디다 치우는지 아무도 몰랐고, 그의 집으로 들어오긴 하는데 어느 하나도 나가는 법은 없었다. 곱세크 집의 문지기 여자는 묘사한다.

> "내 생각에는 그이가 모두 다 삼켜버리는 것 같아요. 그러면서도 조금도 살찌지 않아요. 우리 집 벽시계에서 우는 뻐꾸기처럼 깡말라가고 있다니까요."

곱세크에게 향락을 제공했던 돈(자본)의 힘은 기형적인 탐욕으로 변질되어 그로 하여금 멈출 줄 모르고 닥치는 대로 집어삼키게 한다.

이런 점에서 곱세크의 죽음 이후 탐욕의 자본가가 남겨놓은 집 안은 흥미롭다. 데르빌은 곱세크에게 들어가기만 하고 나오지 않았던 선물들, 그 상품 더미를 발견한다. 데르빌이 "거기에서 보았던 것은 탐욕의 마지막 단계로, 시골의 수전노에게서 곧잘 그 예를 볼 수 있는 이 탐욕에는 비논리적인 본능밖에 남아 있지 않"다. 한 푼을 더 받기 위한 흥정에 실패하자 노망기가 있는 곱세크는 상품들을 마치 퇴장화폐처럼 축재하기 시작한다. 유통되지 않고 저당되어 있는 상품은 무의미할뿐더러 부패하기까지 한다. 상품의 가치가 사라진 채 보람 없이 쌓여 있는 그 재물들 한가운데에서 곱세크가 죽은 것이다. 계속해서 썩어가는, 구더기와 벌레들이 우글대는 이 식료품 더미는 몹시 역겹게 묘사되어 있다.

> “곱세크가 숨을 거둔 방의 바로 옆방에는 썩은 파이와 온갖 종류의 식료품, 심지어 뽀얗게 곰팡이가 덮인 어패류와 생선까지 있어서, 그 잡다한 악취 때문에 나는 하마터면 질식할 뻔했습니다. 사방에 구더기와 벌레들이 우글우글했지요. 이 최근의 선물 가운데에는 온갖 형태의 궤짝과 홍차가 든 함, 커피가 든 포대가 섞여 있었습니다. 벽난로 위의 은제 수프 접시 속에는 르아브르 항구에 그의 이름으로 위탁된 상품의 도착 통지서가 들어 있었지요. 그 목록은 솜 보따리와 설탕통과 럼주 통, 커피, 인디고 물감, 담배 등, 그러니까 식민지 산물의 시장 그 자체였어요! 이 방 안에는 가구와 은식기, 램프, 그림, 꽃병, 책, 액자에 들어 있지 않고 둘둘 말려 있는 아름다운 판화, 골동품이 여기저기 마구 놓여 있었습니다. 이와 같은 대량의 값나가는 물건은 아마 전부 선물이 아니라, 그중

에는 지불되지 않았기 때문에 그의 수중에 들어온 저당물도 포함되어 있을 겁니다. 나는 가문의 문장과 이니셜이 새겨진 보석함들, 고급 식탁보 세트, 귀중한 물건임에도 이름표를 뗀 무기를 보았습니다. 위치를 움직인 듯한 책이 있어서 그 책을 펼쳐보자, 그 안에서 1천 프랑짜리 몇 장도 발견했습니다. 렘브란트의 붓에 버금가는 이 네덜란드 사람이 그렇게도 정열적으로 추구했던 저 황금을 찾아내기 위해서, 나는 사소한 것들까지도 하나하나 주의 깊게 살피고, 마루 밑과 천장, 벽과 벽의 돋을무늬 장식도 탐색하겠다고 결심했지요. 나는 법률가로서 살면서 이와 같은 탐욕과 기이한 소행의 마지막 단계를 본 적이 없습니다. 그의 방으로 되돌아왔을 때, 나는 그의 사무 책상 위에서 점점 커진 이 엉망진창과 그 모든 부의 축적에 대한 실마리를 찾았습니다. 서류 파일 안에 곱세크가 자기 선물들을 일상적으로 팔곤 했던 상인들과 주고받은 편지들이 있었습니다. 상인들이 곱세크의 계략에 희생이 되었던 건지 혹은 곱세크가 그 농산물 혹은 세공품에 터무니없는 값을 매겼던 건지는 알 수 없지만, 어떤 흥정도 성사되지 않고 있었습니다. 그는 저축된 자기의 식료품을 슈베에 팔지 않았는데, 그것은 슈베가 30% 할인된 가격으로만 그것들을 되사려고 했었기 때문이지요. 곱세크는 몇 프랑의 차이를 가지고 왈

가왈부했고, 언쟁하고 있는 동안 상품은 상해버린 겁니다. 은식기에 대해서는 곱세크가 운반비 부담을 거절했기 때문이었죠. 커피에 대해서는 운송 중의 감손분을 보전해주려 하지 않았습니다. 요컨대 모든 물품이 이의 제기의 대상이 되었던 것인데, 그것은 곱세크에게 있어서는 강렬한 정념이 지성을 이긴 노인 모두에게 찾아오는 그런 유치함과 그런 이해할 수 없는 완고함의 최초 징후를 드러낸 겁니다."

부자이며 금융가–철학자라는 이중의 견해를 갖춘 긍정적 자본가의 표상은 인간의 저열한 탐욕이 빠져 들어가는 끝없는 구렁텅이의 틈을 보이면서 삶의 양식과 그 가치를 잃고 마는 마지막 단계의 탐욕적인 인간의 표상으로 변모한 것이다.

결국 1835년 수정본의 결말에서 곱세크는 그의 명철한 지적 능력을 잃는다. 그는 더 이상 돈에 대한 열정을 제어하지 못하며, 가치에 대한 명쾌한 견해가 모호해지면서 이익을 추구하는 데만 열중한다. 이러한 모습은 이후 『인간희극』의 『사무원들Les Employés』에서 보이는 곱세크의 서명에 대한 묘사에서 확인된다.

즉 그의 서명은 늘 열려 있고 그칠 줄 모르게 모든 것을 낚아채고 삼켜버리는 고리대금업자의 커다랗고 탐욕적인 아가리를 가리킨다. 'Gobseck'라는 글자 자체가 '잽싸게 마시듯이 날름 삼키는gobe sec, comme boit sec' 것을 뜻할 뿐만 아니라, 발자크의 표현을 빌리면, 첫 글자 'G'와 마지막 글자 'k'는 상어의 사나운 '아가리Gueule'를 묘사하고 있기도 하다. 이 점에서 왕정복고 시기 내내 유지된 불확실한 글쓰기에서 보인 낭만적이고 유토피아적인 면모는 수정되고, 1830년 7월 이후의 현실성을 이야기 속에 재등록한 것으로 볼 수 있다. 수정본의 이야기는 초판과 동일하게 왕정복고기를 배경으로 진행될지라도, 첨가된 서술자의 발화 행위는 1835년에 이루어진 것이기 때문이다.

종결부

발자크는 드 레스토 백작의 죽음과 파산을 보여준다. 바로 곱세크가 이 경제적, 도덕적 실패의 임시 수혜자이다. 상기해보면 곱세크가 비밀리에 수호하게 되는 젊은 드 레스토 백작에 대한 재산 반환은 그가 성년이 되는 1830년 이후를 위해 준비되었다. 곱세크는 젊은 백작을 보호하는 수호신과 같다. 그러나 이러한 수호신의 면모는 종결부에서만 나타난다. 곱세크의 죽음 이후 곱세크와 관련된 모든 것을 데르빌이 총괄하게 되면

서다. 즉 드 레스토 백작의 아들에게 재산을 반환하는 것은 탐욕적으로 축적만 하는 부르주아로 상징되는 곱세크가 죽으면서 성실하고 자기 원칙을 지닌 이상적인 인물 데르빌을 통해 이루어질 것이다.

이야기의 종결부는 마침내 드 그랑리외 자작 가문의 딸과 젊은 에르네스트 드 레스토 백작이 결혼하게 될 것임을 시사하고 있다.

"그렇다면, 친애하는 데르빌 씨, 우리도 그 혼담을 생각해 보도록 하지요." 드 그랑리외 부인은 대답했다. "분명 에르네스트 씨에게는 그 모친을 우리 같은 집안에서 받아들여도 창피하지 않을 정도로 충분한 재산이 있겠지요. 내 아들은 어느 날엔가 드 그랑리외 백작이 될 거라는 사실도 생각해주세요. 그 애는 드 그랑리외 양쪽 가문의 재산을 혼자서 상속하게 될 거니까요. 그에 어울리는 매형을 갖게 하고 싶은 거예요."

"그렇지만," 드 보른 백작이 말했다. "레스토가의 문장은 붉은 바탕에 오른쪽 위에서 왼쪽 아래로 은으로 된 가는 띠가 달리고, 각각 검은 십자가 달린 금으로 된 방패가 나란히 네 개 있는 매우 유서 깊은 문장이야."

"그 말은 맞아요." 자작부인은 말했다. "그렇다 치면 카미유는 그 문장에 새겨진 'RES TUTA'라는 명구를 저버린 시어머니와 만나지 않아도 되겠는걸요."

"드 보세앙 부인은 드 레스토 부인을 초대했었는걸." 연로한 외삼촌이 말했다.

"에이! 대연회였으니까 그렇지요." 자작부인이 응수했다.

1830년 1월 파리에서.

앞의 서두에서 시작된 드 그랑리외 자작부인의 걱정은 이처럼 의미 있는 안심으로 종결된다. "1829년에서 1830년에 이르는 겨울 어느 날", 즉 1829년이 마감하기 전 귀족의 근심은 1830년의 시작점에서 귀족의 안심으로 종결된다. 1830년 이후 젊은 청년 에르네스트 드 레스토 백작이 드 그랑리외 가문과 결합할 수 있을 만큼 아주 부자가 될 것이기 때문이다. 게다가 "불행은 우리의 가장 위대한 선생이지. 불행은 그에게 돈의 가치, 남성들과 여성들의 가치를 가르쳐줄 거네. 파리의 바다를 항해하는 것이 좋아! 그래서 훌륭한 항해사가 되면 우리는 그에게 선박을 한 척 선사할 거야"라고 곱세크가 예견했듯이, 젊은 드 레스토는 아버지의 귀족적 성품을 닮았지만 그와는 달리 새로운 세상을 주도적으로 헤쳐나갈 준비를 왕정복고기 동안 갖추었다.

그런데 마지막 말, '대연회였으니까'라는 드 그랑리외 자작부인의 대답은 뭔가 충분해 보이지 않는다. 발자크가 경멸적으로 사용하는 '대연회'라는 단어의 의미 때문이다. 당시 대연회는 사교계에서 관계를 맺고 있는 사람들, 하지만 친밀한 모임에는 받아들이지 않는 사람들을 초대하는 사교 모임이었는데, 이런 유의 접견은 수적으로 많았으므로 무척 잡다했다. 그리고 자작부인의 대답은 또한 데르빌의 이야기가 이야기의 청자(드 그랑리외 자작부인, 독자)를 완벽하게 설득하지 못했음을 보여준다. 독자는 데르빌의 논거의 결점이 무엇인지 텍스트뿐만 아니라 동반 텍스트를 참조하지 않으면 안 된다.

이와 관련해서 『곱세크』의 배서 "1830년 1월 파리에서"를 1842년의 『인간희극』 결정본에서도 그대로 보존하고 있는 점은 특별한 의미가 있다. 『영생의 묘약L'élixir de longue vie』의 '독자들에게'라는 서문에서 발자크가 주장했듯이 "각 작품의 초판 연대는 작품에 정당한 평가를 내리고 싶어 하는 독자들에게 있어서 무심히 넘길 수 없는 것"이기 때문이다. 발자크가 이 작품을 집필하던 1830년 1월은 7월 혁명으로 열리는 부르주아의 왕 루이필리프의 시대(7월 왕정)가 다가오고 있던 시점이다.

주목해야 할 점은 소설의 화자 데르빌이 말하는 시점 '1829년에서 1830년으로 넘어가는 어느 날'과 발자크가 서명한 '1830년 1월 파리에서'이다. 역사적으로 '왕정복고 시대'는 1830년 7월 혁명으로 무너질 것이다. 발자크가 명확하게 말하듯이 "귀족nobless은 이미 존재하지 않는다. 이제 귀족 특권층aristocratie밖에는 없다". 즉 발자크가 표현하는 바는 19세기의 부르주아 세계에서 지배적인 특권층은 전통적 의미의 혈통과 그 명성에 기반하는 것이 아니라 시대의 변화에 따라 돈과 개인적인 공적에 기반한다는 것이다.

그럼에도 불구하고 우리는 질문하게 된다. 곱세크의 불가해성은 어떤 답변을 주고 있는가. 아마도 그 대답은 탐욕으로 모든 것을 집어삼키고 끝내 자신까지도 탕진하고 마는 곱세크처럼 가치를 상실한 자본의 무질서와 그 허망함만은 아니라고 판단된다. 그것은 인간의 사회적인 삶, 정지되거나 고정됨 없이 계속해서 변하고 움직이는 삶일 터인데, 도덕적인 질서와 조화에 가치를 부여할 수 있을 만한 삶을 뜻할 것이다. 바로 그 점에 의해서 발자크는 자신의 소설을 끝맺을 수 있었다. 이 끝맺음은 왕정복고 시기의 몰락과 1830년 7월의 승리 이후 '축적만 하는 부르주아 곱세크'의 실패, 즉 죽음과 부패라는 시각에서가 아니다. 그 반대로 곱세크의 재산 정리자로서 정직하고 건설적인 데르빌이 맡게 될 부분이다.

결론적으로, 『곱세크』에는 스테레오타입처럼 고정되지 않은 표상의 다양한 움직임이 포착된다. 명철한 고리대금업자–금융가에서 탐욕에 눈먼 고리대금업자–자본가라는 변모는 돈과 자본의 불가해한 상호침투적인 은유로 해석할 수도 있다. 물론 고리대금업자 곱세크의 불가해성은 현대사회의 대부업 등의 금융자본에 대한 원초적인 질문, 그 욕망이나 탐욕에 관련된 질문도 내포한 것이라고 볼 수 있지만, 그러나 이 '곱세크의 불가해성'은 발자크 글쓰기에서 돈과 자본에 대한 당대의 복합적인 양상을 잘 보여주는 것이라 할 수 있겠다.

이 책의 번역을 위해 발자크 생전의 결정판(1844)에 발자크가 직접 수정을 가한 퓌른 수정본 『곱세크』(『인간희극. 발자크의 총서』 2권)를 사용했다.

또한 필립 베르티에의 비평 주해본 『곱세크. 이중 가족』(Flammarion, 1984), 피에르 시트롱의 비평 주해본 『곱세크』(Gallimard, 1976) 등 여러 비평 주해본들을 참고했다.

2020년 5월
김인경

참고문헌

Gobseck in *La Comédie humaine*(nouvelle édition, publiée sous la direction de P.-G. Castex, Gallimard, coll. "Bibliothèque de la Pléiade", 1976–1981, 12 vol) vol. II. [avec l'"Introduction" du Gobseck et l'"Histoire texte" par Pierre Citron.]

Gobseck, Une double famille, préf. éd. Patrick Berthier, Flammarion, 1984.

Papa Gobseck, in *Nouvelles et Contes*, t. 2, 1832–1850, édition de Isabelle Tournier, Gallimard, coll. "Quarto", 2005.

Gobseck, in *Oeuvres illustrées de Balzac*. t. 2, Marescq et Cie (Paris), 1851–1853 (8 vol).

CLARK (R. J. B.), "*Gobseck*: Structure, images et signification d'une nouvelle de Balzac", *Symposium*, 1977, n° 31, pp. 290–301.

HEATHCOTE (Owen), "From Cannibal to Carnival: Orality and Violence in Balzac's *Gobseck*", *The Modern Language Review*, Jan 1996, n° 91 (1), pp. 53–64.

KNIGHT (Diana), "From Gobseck's Chamber to Derville's Chambers: Retention in Balzac's *Gobseck*", *Nineteenth-Century French Studies*, Spring-Summer 2005, n° 33 (3–4), pp. 243–257.

LALANDE (B.), "Les etats successifs d'une nouvelle de Balzac: *Gobseck*", *Revue d'histoire litteraire* 46, 1939, pp. 180–200.

SCHRODER (Achim), "Argent et société dans la nouvelle *Gobseck* de Balzac", *Regards Sociologique*, n° 17–18, 1999, pp. 59–69.

김인경, 「곱세크의 불가해성과 하이브리드로서의 귀족의 복원」, 『불어불문학연구』, 제97집, 2014, pp. 27 – 60.

* 발자크 관련 웹사이트

Balzac La Comédie humaine. Edition critique en ligne

http://www.v1.paris.fr/musees/balzac/furne/presentation.htm

곱세크

1판 1쇄 발행 2020년 5월 1일
1판 2쇄 발행 2024년 1월 15일

지은이 오노레 드 발자크
옮긴이 김인경
펴낸이 채세진
디자인 이지선

펴낸곳 꿈꾼문고
등록 2017년 2월 24일 · 제353-251002017000049호
팩스 (032) 465-0238
전자우편 kumkunbooks@naver.com
블로그 blog.naver.com/kumkunbooks **페이스북** /kumkunbks **트위터** @kumkunbooks

ISBN 979-11-90144-06-3 (03860)

이 도서의 국립중앙도서관 출판예정도서목록(CIP)은 서지정보유통지원시스템 홈페이지(http://seoji.nl.go.kr)와 국가자료공동목록시스템(http://www.nl.go.kr/kolisnet)에서 이용하실 수 있습니다.(CIP제어번호 : CIP2020015260)